上海不相信爱情

第二部

周蔚 著

文汇出版社

目录

- （一）散　户 …………………… 1
- （二）地　铁 …………………… 11
- （三）方　案 …………………… 21
- （四）股　吧 …………………… 33
- （五）暴　跌 …………………… 41
- （六）强　迫 …………………… 53
- （七）割　肉 …………………… 63
- （八）反　弹 …………………… 74
- （九）老　胡 …………………… 85
- （十）洗　盘 …………………… 96
- （十一）西　塘 …………………… 107
- （十二）进　攻 …………………… 116
- （十三）签　字 …………………… 128
- （十四）交　接 …………………… 138
- （十五）意　外 …………………… 148
- （十六）龙　五 …………………… 159
- （十七）叛　徒 …………………… 169
- （十八）调　查 …………………… 179
- （十九）消　失 …………………… 189
- （二十）开　始 …………………… 199

（一）
散 户

时间像木马般旋转

遗忘的只是味道

握不住的片段

在记忆长廊

迎风飘散

几年前。

这年，仿佛是没有看够仲夏夜街上各种争奇斗艳的女子的美丽，上海的秋天来得特别晚。都已经是十月下旬，马路上依然可见穿着清凉的人们。街道两旁的梧桐树，依旧散发着绿色的活力，丝毫见不到枯黄的预兆。空气中也弥漫着兴奋和冲动，感受不到秋意来临之前的一丝失落与不安。

简宁半蹲在民泰证券的台阶上，指间夹着一支红双喜，悠然地看着烟丝泛着些许红光。烟雾慢慢升起，仿若梦幻般的迷离，看得到，却抓不住。有意思，简宁暗自想道，对于很多股民来说，股票不也有点这样的味道吗？看得到的都是别人的股票在涨，而自己却抓不住牛股。懊悔、选择、再懊悔、再选择，在懊悔与选择的轮回中深陷，看得到却抓不住，就如同这一缕烟雾。

民泰证券的这个营业部位于江苏路愚园路口的一幢半圆形办公楼内。底楼是散户营业大厅，二楼、三楼和四楼分别是中户室、大户室和贵宾工作室。区别散户、中户和大户的条件很简单，就是股民在民泰证券账户内的资金量。100万元以上资金量的股民，便可进入中户室。中户室内大约可以容纳三十人，稍许有些拥挤，每人配备一个办公桌、一台电脑，类似于一般公司敞开型办公室的布局。而资金量在500万元以上的股民，便可进入到大户室。大户室一般十人左右一间，空间较为宽敞，装修也较为舒适。每间大户室门口的位置还专门配备了一位民泰证券的客服人员，随时为大户们提供各种必要的服务。当然，大户室是免费提供茶水饮料的，午饭也是免费的，这是中户室的股民享受不到的待遇。

而简宁则享受不了以上任何一项待遇，因为他只是民泰证券千万散户中的一员，只能坐在散户大厅里看着硕大的电子屏幕上不断跳动着的红绿字符。虽说炒股软件已经基本普及，但是每天民泰证券的散户大厅里依旧人头攒动。许多退了休的老年股民仍旧喜欢每天到散户大厅与老股友们相聚，坐在长排条椅上唠唠家常、聊聊股票，已经成为了一种习惯。

简宁把剩下的半截烟扔在地上，鞋尖用力地踩了踩，然后返身走进了散户大厅。可能是因为最近证券行情不温不火，散户大厅里的人并不多，每一排座椅上几乎都空着一半的位子。大多数人并没有抬头看大厅正前方巨大屏幕上不断更新着的实时行情，而是低头看着手上的报纸，或者交头接耳讨论着家事。

一位白发苍苍、面容慈祥的老太太看到简宁走了进来，停下了手中正在编织的毛衣，露出和蔼的笑容，"小陆，今天怎么来得这么晚啊？"

"嗯，王阿婆，今天起来晚了，"简宁一边说着，一边在老太太身边找了个空椅坐了下来，"今天的行情怎么样啊？"

王阿婆笑了笑，"唉，就那么回事，我的668动也没动。"

简宁抬头看了下大屏幕，盘面颜色绿中带红，显然是跌的多涨的少。王阿婆所说的668是她所买的股票的代码，简宁眯起眼睛找到了这只股票，显示的价格是13.50元，比前一个交易日小跌了1.45%。这时候，王阿婆身边一位穿着灰色外套的老先生凑了过来，"王家阿婆，你这消息准不准啊？"

王阿婆转过身，瞪了那位老先生一眼："老余啊，你说话轻点。要是大家都知道了，庄家就不拉了啊。"

"有消息啊，那我能不能也稍微买点啊？"简宁一边笑着一边看着王阿婆，"也让我赚点小菜铜钿？"

王阿婆又回身看了看简宁，脸上堆起笑容，"小陆你可别买太多，也别告诉别人噢。"简宁连连点头，说"好的好的"。

但那位老余却不依不饶，继续追问道，"王家阿婆，你就不要保密了吧，这个消息哪里来的啊，我以前买什么可都告诉你的。"

王阿婆有些不耐烦,"老余你这个人就是啥都要知道。这个消息可是我孙女花钱买来的啊,花了大价钱的,人家也不会白告诉我们的。你就白捡便宜了。唉,我自己也不知道准不准,现在还套着一档呢。"

简宁知道,一档就是一元钱的意思,那王阿婆的成本应该在 14.50 元左右。"王阿婆,你买了多少呀?"

"唉,没多少、没多少的,指望着它涨一涨把我以前的损失补点回来就好了。"王阿婆叹了一口气,抬眼看了下大屏幕,"老余,你的 795 今天又涨了不少啊。"

老余也双眼盯着大屏幕,听到王阿婆这么说,得意地笑了笑,"王家阿婆,我那时候让你买你也没买。"

"我哪有那么多钱买这个买那个啊,你早点说 795 会拉得这么快啊。"王家阿婆的脸色有些失落。简宁赶忙劝慰她,"阿婆你不要急,早涨晚涨都一样的。我现在也没什么钱,等我买了 668 赚到钱,请阿婆吃好吃的。"

"你看看,还是小陆嘴甜,小陆你虽然没来几天,但阿婆看得出你挺老实的。小陆啊,为啥不找个工作啊?"

"对啊,"老余也有些奇怪,"有工作稳定点吧。"

简宁低下头,不好意思地说,"我也在找,暂时没找到,读书的时候没好好读,现在工作难找。反正我有时间,就想来这里学习学习。老余、王阿婆,你们正好教教我,我现在 K 线图还没全弄懂。"

老余听了哈哈大笑,"跟我们有啥好学的,我们也是瞎玩,打发打发时间。我都炒股七八年了,要是炒得好早就楼上去了。王阿婆知道的,以前和我们一起打牌的几个牌搭子,有两个做得不要太好哦,现在都在楼上的大户室。找个机会给你介绍介绍。"

"那太好了,有师傅带就好了,我一定不会忘了您的。"简宁面带恭敬。王阿婆则白了老余一眼,"人家现在不一样了,谁还会理你啊!"

老余尴尬地笑了笑,"唉,别提了,当时也是一念之差。小陆你不知道,当时有个股票,别人有消息告诉我的,我没买他们买了,结果翻了七八倍。"

"那为什么不买呢?"简宁有些好奇地问。

"我就是太小心,老了老了,一看是ST的垃圾股,就没买。没想到来了个重组,天天涨停板就这么拉上去了,买的机会都没有。我老婆现在提到这件事情就埋怨我。"老余一脸无奈状。

"这种机会应该很难得吧?"

"是啊,不过前两天人家给我介绍了一个大师,据说算得很准的,上海滩可以排排数的。我请他算了算,确实很准,连我有几个孩子都算到了。"

"你不就一个儿子吗?"王阿婆有些好奇。"对啊,独生子女政策啊,我们这代人不都是一个孩子吗?"简宁附和着。

"大师说我命里有三个孩子。我当时也觉得奇怪,请教了大师。大师说本来我命里有三个,但是后来炒了股,就只有一个了,但另外两个会保佑我六十五岁以后财运滚滚的。"

这不胡说八道吗？简宁心里觉得好笑，但是没有表露出来，"那老余你将来发达了可千万别忘了我。"

"哈哈，小陆，说不定我这只795的股票就可以让我到楼上去了。别人告诉我，可以翻好几倍呢。"

"哦，好的，但我钱不多，买哪只呢？668还是795？"简宁一脸为难的样子。

老余站起身，走到简宁的身边，拍了拍简宁的肩膀，"小陆，你一个买一半不就可以啦，看看谁涨得快。"说着，就走出大厅抽烟去了。

王阿婆看着老余远去的背影，嘟了嘟嘴，"这个老余，就会吹牛。上次说了个股票，害得我亏了不少，我是不会再相信他的。小陆，你听我的，这个股票我孙女和我打过包票的，肯定会涨的。"

简宁连忙点头，正好瞅见王阿婆手上编织到一半的毛衣，便说道，"阿婆，这个红颜色挺好看的。"

"小巨头蛮有眼光的，这个是给我孙女的。没几个月就是冬天了，我得赶快给她编几件穿穿。你看看这个毛线，我特地到友谊商店买的。"

简宁摸了摸编织好的部分，确实挺厚实，只是图案有些过时。不过现在的年轻人，穿自家编织的毛衣的已经很少了，不知道王阿婆这番心意，她孙女能否明白？正想着，突然听到散户交易大厅传来"铛"的一声，原来时间已经到中午11:30休市了。

简宁抬眼瞄了一下大屏幕，668的股价停留在13.70元上,涨跌幅正好是0。

～～～～～～～～～～

赵先曾经说过,有两种情绪是可以让人心甘情愿地把钱掏出来,一种是对于未来的期望,一种是对于未来的恐惧。由于人们普遍存在对于未来的恐惧,便诞生了保险业。人们会愿意为着这种不确定的风险支付费用,同时又期望着这种风险永远不要发生。由于有着专业精算师的存在,对于保险公司而言,任何一个保险品种的理赔几率都被控制在一个合理的范畴内了。股神巴菲特当初发迹的一个最重要的原因,也在于他拥有了一只从事保险业、不断下着金蛋、产生着现金流的鸡——伯克希尔哈撒韦公司。

彩票业则正好相反,承载着许多人对于未来的期许。在很多人眼里,中彩票无疑是最快的发家致富的途径。这一年,上海的蓝色彩票亭如雨后春笋般地涌现出来,密密麻麻地分布在城市的各个角落,感觉比公共厕所还多。随着彩民数量的成倍增长,彩票奖池累积的奖金总额屡创新高,彩民的购彩热情也异常高涨。同时,社会上流传着几个不劳而获的故事,忽悠着大部分希望不劳而获的彩民,却养活了一批真正不劳而获的人。

在所有的彩票品种里,最火的无疑是"双色球"。双色球玩起来很简单,红色数字从1到33中,任选6个;蓝色数字从1到16中,任选1个,组成7个数字。根据彩民所选数字和最终经过公证摇号的结果,决定是否获奖以及获奖金额的多少。如果最终彩民所选的数字,和最终公布的摇奖结果完全一致，每一注将会获得人民币500万元甚至更高的奖金金额。当然，同一组数字也可以选择买几倍，这样所获得的奖金金额也会相应翻几倍，上海也曾出现过获得2.59亿元超级大奖的情况。

那是一个500万还可以在上海内环内买2到3套房子的年代，而在外环则可以买到6到7套房子，怎能让人不趋之若鹜。东屏则是这千千万万彩民中的一员。这天下午，股票交易收市以后，东屏像往常一样，带着自己精心选择后的那组数字，来到江苏路上的这一家彩票投注站试试运气。

蓝色的彩票亭窗口处站着几个彩民，对着中奖公告板上的数字，各自涂写着手中的投注条。东屏挤了过去，也抽了一张双色球的投注条出来，顺手扬起对着阳光，眯起眼睛看了看，仿佛是在核对百元大钞上的水印。一个彩民注意到了东屏的动作，转过头笑了起来，"朋友，看出点啥来了吗？投注条也有假的吗？"

东屏摇了摇头，心想老天何时可以将运气如同这阳光般地洒在我的身上。余光中，远处依稀有只婀娜多姿的蝴蝶越飞越近。东屏垂下手臂，眼神便定格在一个有着窈窕的身材、从远处匆匆走来的女孩身上。

女孩有着一头乌黑的短发，明眸皓齿，有着高挺的鼻梁，嘴角带着淡淡的微笑。东屏感到全身肌肉突然之间绷紧了，心跳加速，有种抑制不住的冲动。他赶忙用力地吸了口气，脑筋一转，便迎了上去："小姐，你好，能耽误你几分钟的时间么？"

女孩有些吃惊,停住了脚步:"什么事情?做问卷调查吗?"

东屏摆了摆手,把投注条翻开给女孩看,"有兴趣一起买一注彩票吗?中奖了一人一半。1到33的数字里,选3个就可以了。"

女孩愣了一下,面带狐疑的表情看了看东屏。东屏咧嘴一笑,仿佛是在给女孩鼓励。女孩沉思了一下,"那就4、9、23吧?"

东屏有些得意,拿过笔在投注纸上圈出了这几个数字。"你不会是4月9日出生,今年23岁吧?"然后顺手在投注纸上圈了11、14和26这几个数字。女孩看了看,扑哧一笑,"我是随便选的。你是告诉我,你今年26岁,11月14日出生吧?"

东屏点了点头,心想对方还真是聪明,然后又在投注纸选择篮球的位置选了12。这个数字是东屏昨天花了整晚的时间,根据图形、逻辑和概率,最后在9和12两个他自己认为最可能出的数字中选择的。彩票站的窗口里坐着一位年纪大约四十上下的上海阿姨,接过东屏递过的投注纸,"今天还是买5倍的?"

"嗯,老样子,中了大奖我一定分你10万。"

上海阿姨头也不抬,把投注纸放进投注机,"你呀,这话我听得耳茧子都磨出来了。等你真中了大奖,我这里也给你挂起大横幅,'本站喜中500万元大奖5注',也威风威风。"

"肯定有那么一天的,放心吧!到时候保证到这里来买彩票的人,多得你忙都忙不过来,从这里排队到静安寺。"东屏信口开河。中国人讲运势,中过大奖的彩票站生意就特别红火,很多彩民都会觉得那个彩票站风水好,愿意去沾沾运气。

女孩安静地站在一边,饶有兴趣地听着东屏和彩票站阿姨的对话。东屏拿过打印出来的彩票,转过身问女孩,"对了,如果中了大奖,怎么通知你?"

女孩瞬间明白了东屏的用意,有些不好意思地笑了起来。她从包里掏出了手机,"你告诉我号码吧,我打给你。"

"嗯。"东屏也掏出手机,把自己的手机号码告诉了对方。女孩拨了过来,东屏的手机里传出了低沉带有嘶哑的歌声,"也许放弃,才能靠近你……""你也喜欢莫文蔚?"女孩抬起眼睛,盯着东屏的脸,东屏不由自主地垂下头,"嗯,我有她的全部专辑。对了,怎么称呼你呢?"

"叫我雨熙好了。你呢?"

"许东屏。言午许,东西南北的东,屏幕的屏。"东屏心中又是一阵激动,"那这张彩票就放在我这里了,明天晚上会开奖,要是中了我给你打电话。不中的话,能不能也给你打电话?"

雨熙笑了笑,没有回答,把东屏的名字存进了手机。"不过,肯定会中的,我运气挺好!"东屏继续说道。

"好啊,中了我请你吃饭。那先再见了。"

东屏看了看女孩远去的背影,仰起头闭起眼睛感受着阳光的沐浴。神啊,也许我的运气真的来临了!

（二）
地　铁

地铁车厢里异常拥挤，人与人之间的无缝连接，就像是一个刚开启的沙丁鱼罐头。即使不拉着吊环或不倚靠车厢中间的钢管，人们依旧可以靠着他人身体的支撑，安然站在车厢里，自然地随着车身哐当向前的节奏微微地摆动着。咸湿的汗味、偶尔夹杂着各种食物的异味在空气中飘散着，乘客们大多面无表情，对此早已习以为常。说话的人很少，闭目养神的人很多，还有一些则目不转睛地看着车门一侧安装的屏幕上轮回播放着的新闻或广告。

轨道交通的延伸开启了又一轮城市基础建设的发展。在尘土飞扬的土地下，一座迷宫都市如同蛇行般地由中心向外蜿蜒前行。已经建成的地铁和轻轨已经有六条线路，而规划中的据说已经到了二十条线路。城市的设计师们很自豪地拿出日本东京的城市轨道交通图，"看，那就是我们的未来，我们要让上海每一个角落的人们都能在十五分钟内与城轨相连。"与此相应的是，越来越多的上海郊县村落被纳入到城市化的进程中,而拥有宅基地的农民们则一夜翻身。政府为了征地,给予了城郊的农民们大量的经济补偿,很多一次性取得七八套房子的故事在坊间流传,而这些故事又进一步提升了农民的心里价位,让政府为此而付出更加大的代价。三十年河东、三十年河西,三十年前为了取得一个城市户口而绞尽脑汁、费尽代价的农村户口,现在已经变成了城市户口们争相羡慕的对象。

地铁二号线是一条横贯上海东西,连通着黄浦江两岸,承载着大量人员流动的重要交通线路。当年,延安东路过江隧道15元买路费的取消为人们从浦西到浦东带来了巨大的便利,而二号线的开通则使这样的人员流动更加普遍。虽然二号线在江苏路也设有地铁站,但由于乘坐地铁二号线的乘客太多,每天收市以后,简宁和东屏便会相约走到二号线的浦西终点站中山公园站碰头,以便可以找到座位一起乘坐回到位于浦东陆家嘴的创先集团公司总部。

车厢内的拥挤使简宁不得不向座椅内侧勾起膝盖,以免在齿轮和铁轨碰撞时自己的鞋尖触碰到别人的鞋子,毕竟能够坐着已经是一件相对幸福的事情了。他瞄了一眼身旁的东屏,东屏双手握着一张打开的报纸,正聚精会神地看着中缝中的内容。"怎么,在对奖么?这次的双色球有中到么?"虽然这么说,但简宁心里想,中国十几亿人口,中奖的概率比发生汽车事故还低。

东屏头也没抬,"今天才买的,要明天晚上再开奖呢。我在看上次应征的广告词有没有中奖。"一个月前,有一家生产保健品的公司在这份报纸上刊登了一个应征启事,为公司新推出的保健品征集广告语,保健品的用途是时下最火的补肾壮阳、调节肾功能。"你写的什么广告语?"简宁有些好奇。

"工欲善其事,必先利其器。"东屏一脸失望地合上报纸,放在膝盖上,显然是没有中奖,"看来评委们还不如古代人有幽默感,我原想三等奖总有吧。"

"哦,一等奖多少钱?"

"5000大洋,"东屏眉头紧皱、有些愤愤不平,"现在什么比赛都有黑幕,说不定是借征集广告比赛输送利益!我觉得一等奖的还不如我的。"

简宁抬起头,有一些站着的乘客已经注意到他们的对话,正望着东屏,而东屏似乎对此满不在乎。简宁顺手拿过东屏放在大腿上的报纸,在夹缝中找到了那豆腐干大小的一块中奖通告,念了出来:"XX肾丸,你好她好大家好!"听到这句话,乘客中有些人忍不住笑了出来。很通俗易懂啊,简宁心想,东屏引用的古文虽然巧妙,但是适合文化人,而且需要有一些古文功底的,只适合小众人群,所以得不到一等奖也是正常的。虽然这样想,简宁却没有表露出来,"嗯,三等奖是应该的。不过你写的可能有些曲高和寡了吧。"

东屏没听出简宁的意思,自顾自地低头自言自语,"三等也有500元呢,我本来这个月的房租还指望它补贴呢。不过,这玩意我这辈子也用不上它。"说完,东屏别过头,不想让简宁看到他的表情,简宁拍了拍他大腿以示安慰,把报纸又递了回去,扯开了话题:"想想彩票,说不定明晚开出来,就可以开个保健品厂了呢。"

如果中一注确实可以开个小规模的厂子了,更何况自己每次都是买五注,如果中奖应该这辈子衣食无忧了吧,东屏脸上勉强挤出了一丝笑容,但脑海里突然浮现出了雨熙的影子。"哎,小陆,你在大学里的时候,有没有遇到过一见钟情的女孩子?"

简宁被东屏冷不丁的问题愣住了,不知如何回答。站在他们两个面前的一些乘客,似乎饶有兴趣地听着他们的聊天,让简宁觉得有些尴尬。简宁用膝盖轻轻地碰了一下东屏,"怎么了?"

东屏却不在意他人的目光,嘴角流露出一丝得意,"我今天遇到一个很漂亮的女孩子,女神级别的,有点像中国版的奥黛丽·赫本。真的,不骗你。"看到简宁有点怀疑的眼神,东屏补充道,"而且她笑起来很甜,一点没架子,不像我们公司里那个李姑娘,冷得一塌糊涂。"

"哦,她比李振亚还漂亮?有你说的那么夸张吗?"简宁也有了些兴趣,女人是男人永远可以共同讨论的话题,一点不假,但反之也成立。"我到公司来面试的时候,坐在会议室里,李振亚给我上了杯茶,我紧张得头都没敢抬。当时看到她就感觉看到了金庸笔下的小龙女一样。"

"现在呢?是不是感觉像看到了李莫愁了啊?"李振亚一直不喜欢东屏,东屏自己也知道这一点,对李振亚也素无好感,"你和李姑娘还接触太少,这个女人冷冰冰的,保守又死板,二十多岁像四十多岁的人。我们找她协调点事情,她第一句总是'赵总知道么？'。赵总那么忙，怎么可能所有事情都知道，难道赵总不知道公司就不运作了？以后你就知道了。"东屏比简宁早两年进公司，说话有时不自觉地带有前辈教导后辈的口吻，简宁已经习惯了。"反正你和她说话当心一点，她没有什么幽默感，很多玩笑话会当真的。"

简宁点点头，心想自己还是算半个新人，在工作中并没有太多机会和李振亚接触，东屏的话先随便听听，在心里某个角落放着吧。"嗯，那后来怎么样了？"

这时候，上海地铁最大的交通枢纽人民广场站到了。随着车门的开启，人群像大海退潮般涌了出去，然后又像涨潮般涌了进来。东屏停顿了很久，等到列车再次启动，站在简宁和东屏面前的似乎又完全换了一拨人。"嗯，她把手机号码给我了，还问我要了我的手机号码。"

"这么厉害？东屏你怎么搭讪的啊？以后教我两招。"简宁半是恭维半是羡慕地问道。"我也没说什么呀，我就对她说想认识一下，她就同意了。不过搭讪是要讲天赋的，小陆你要是没怎么谈过恋爱，最好不要学，不然会脸红说不出话的。"东屏有些飘飘然地说，"就算是我，搭讪成功率也就七八成吧。"

"七八成很高了，"简宁低下头，若有所思，"我从来没在路上搭讪过女孩子，真遇到好看的，也就是看两眼。要是对方也在看我，我肯定不好意思的。"

东屏心想这孩子怎么这么实在，自己随口说说的七八成成功率居然也会信，抬眼突然发现站在自己面前的一个女乘客,正盯着自己看,一脸不屑的表情,仿佛是看穿了自己的想法。东屏也赶忙低下头,避开对方的直视,又打开报纸假模假样地看了起来,心却飞到了千里之外。

～～～～～～～

创先集团的总部设立在浦东陆家嘴金融贸易区内最毗邻黄浦江一侧的震旦大厦内。整幢大楼的外立面采取了独特的金色设计,如果说整个小陆家嘴像一个半岛形状的鱼嘴,那么震旦大厦就仿佛是鱼嘴里含着的一颗夜明珠。大楼的室内采用了欧洲宫廷式的建筑风格,也是以金色为主色系,大圆弧的穹顶设计配合精美的吊顶灯饰,让每一个走进大堂里的人仿佛置身于古典优雅的油画之中。

简宁和东屏走进大会议室,长方形的实木大办公桌边已经坐着六七个人,正热火朝天地聊着天,似乎在争论着什么。但靠门一侧的主位上还空着,显然老板赵先还没有到。东屏就近找了个空位坐了下来,而简宁自觉辈分最低,便绕到了办公桌最远端的座位。这时,只听到主位左手边第一个座位上,一个看上去四十多岁,长着一张马脸、眼神有些飘忽不定的中年男子正摊开双手说道:"不一定会降息的,虽然三季度的 GDP 可能会降到 8.5,但还是在可以接受的范围内。"

他这话是朝着坐在对面一个三十多岁,戴着金丝边眼镜,面容干净、文质彬彬的男子说的。眼镜男露出一丝无奈的表情,想了想回击道,"但是如果不降息,地方政府债和城投债的压力会很大,你也知道现在地方融资平台都在清理,有些三四线城市的地方债很有可能会有违约风险。而且从经济模型来看,经济形势有进一步下滑的风险,国家降息或者降准很有必要。"

中年男子咧嘴一笑,表情有点不屑,"Michael,海外那套理论放到中国来不一定有用,照搬照抄要吃大亏的。想当年我们玩国债327的时候,留洋派死抱书本不放,认为肯定不会贴息,结果输得连内裤都没有了。"中年男子微闭起双眼,仿若是在回忆当时经历的惊心动魄的一幕,"我当时在期交所,最后三分钟的砸盘让我心脏都快爆掉了,飞流直下三千尺啊,逃命都来不及,整个交易大厅就像火葬场一般落寞,很多人要么是吓傻了,要么是哭晕了。那情形我这辈子都不会忘记。"

"有那么夸张嘛,"东屏有些不信,"老刘你是赢的还是输的?"

"后来的事情大家都知道的,最后三分钟的交易被取消了,一天从天堂下了地狱再回到天堂。有个期货公司自营盘赚了两个亿,第二天马上关门分钱,据说扫地的清洁阿姨也给了三万元。九五年的三万可是很值钱的。我那时也赚了不少,二十多岁也有百万身价了。"

"百万那时候算富豪了,当时不是有个炒股的叫'杨百万'么?广播里还一直报道。老刘,看不出来啊……没想到你也是传奇人物啊!"

"传奇个屁,那时候期货市场上有钱的人很多,做过期货的人都不愿意做股票,太刺激。"老刘摆了摆手,"不过后来海南咖啡期货上我是彻底栽了，统统输光还倒欠两百万，从此再也不碰期货了。这和打牌一样，别人看着底牌和你玩，你可能还有一丝机会，别人把底牌按想要的顺序理好再和你玩，那你就是死路一条。"

所以赌桌上要赢钱，只能做把底牌理顺的人，或者至少是可以看着底牌的人，东屏暗自想道，这不就是创先集团现在正在做的事情么。他转头看了下简宁，简宁正似懂非懂地看着老刘，似乎在艰难地理解老刘的意思。毕竟简宁刚进公司没多久，很多基础知识和行业故事都不知道。于是东屏抬了抬手，打断了下老刘，嘴角向简宁的方向示意，"前辈你也指导下新人吧。"

老刘有些得意，但是却没太多耐心，"理论的东西我也讲不来，Michael 郎是金融硕士，华尔街也待过，小陆你要多问问他。刚才讲的降息就是银行降低存款利息和贷款利息，对于股市来说一般算是利好消息。反之加息呢，就是利空消息。还有，刚才说到的降准，就是银行降低存款准备金率，也就意味着银行可以放更多的钱出来，也算是利好消息吧。"

"那也不一定，降息的话对银行股可是利空哦。而且很多时候，机构提前知道消息布局，等到降息宣布的时候趁机出货，对散户不见得是好事。"Michael 郎的全名叫郎英俊，虽然没长到非常英俊的程度，但斯文秀气的外表也比较容易招桃花，今天他显然是和老刘杠上了，简宁有些好笑。"而且降息也意味着国家认为经济形势可能会进一步下滑，因此降息以后股市不升反跌的情况也存在。"郎英俊补充道。

"你说你这人讨厌不讨厌,我们现在是说基本常识,没说到具体实战。小陆刚入行没多久,记住个大概就可以了。"老刘也不让郎英俊回应,直接转向简宁,"小陆,这些天和散户们打交道的感觉怎么样?"

简宁摇了摇头,叹了口气,"说实话,感觉学不到什么东西。那些散户整天就是消息、消息,"简宁脑海里浮现出王阿婆织着毛衣看着大屏幕的身影,"连菜市场卖菜小贩的消息也听。还有就是迷信所谓的庄家,股票价格上去了,就是跟庄跟得好,庄家太给力;股票不涨或者跌了就是庄家太无能。反正在他们眼里,庄家要么是上帝要么是魔鬼。"

"我们也是人,又不是神仙,做一个股票天时、地利、人和都需要,他们哪里知道我们的辛苦。"郎英俊笑着说。

"对,一个细节没做好就可能会导致全盘皆输,我还愿意只做跟庄的呢,让别人抬抬轿子多好。"另外一个人附和道。

"小陆,进我们创先公司的新人都要从基层做起,"老刘解释道,"公司派你去散户交易大厅,一方面是学习基本的股票交易知识,另一方面也是让你去观察、体验一般散户的心态。做股票十个人的话,七个输两个平一个赢你听说过吧?大部分散户都是输钱的。你要好好观察一下他们,为什么会输钱,原因在哪里,总结经验,以后自己可以避免犯同样的错误。"

东屏也点点头,"我进公司的第一年,也都是在散户交易大厅度过的。反正看股票嘛,哪里都能看。第二年才去的龙海证券大户室,去了解大户们惯常的操作手法和心态。

按照公司的要求,要到第三年才能回总部,还好我快毕业了,呵呵。"

"过不了多久,证券软件全面普及以后,老百姓都在家里交易了,散户交易大厅估计都会取消掉,这种学习的机会也没有了,你要好好珍惜啊!"赵先的声音突然从会议室的门口传来。众人转身看去,李振亚穿着一身黑衣,面无表情地抱着几个蓝色文件夹站在赵先的身前,"各位,会议马上开始了。"

（三）方案

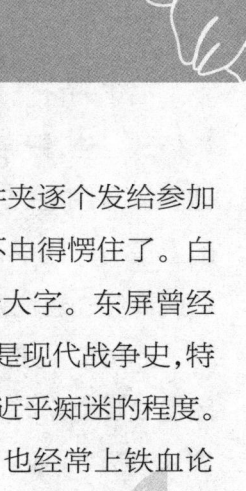

赵先落座以后，李振亚便把手上的文件夹逐个发给参加会议的众人。简宁打开蓝色的塑料表皮，不由得愣住了。白纸的抬头，赫然印着"668作战计划"几个大字。东屏曾经告诉过简宁，赵先非常喜欢研究历史，尤其是现代战争史，特别是"三大战役"和"朝鲜战争"，已经到了近乎痴迷的程度。而且在他的影响下，集团的许多男性员工，也经常上铁血论坛等军事论坛，与其他看不见的战争狂人们热火朝天地讨论。集团进行的项目，赵先也喜欢用"作战计划"而不是"商业计划书"、"项目可行性研究报告"等通常的名称。

简宁的目光，在"668"这三个数字上停留了很久，今天收盘时668那根如耶稣背负苦难十字架般的日K线仿佛映射在自己面前的白纸上。668全天上下震荡了很久，但最后收盘的价格和早上开盘时的价格完全一致，涨跌幅为0，难道是公司刻意操纵的？

等到众人都浏览了一遍作战计划后，赵先开口打破了沉默:"各位,银通集团你们也都应该听说过,是近几年二级市场上异军突起的一家新兴私募投资公司,战绩优异。去年的256、335、728,前年的654、903都是他们操盘的,特别是去年的256,股价还能一年翻了三倍,而且今年送股除权后还在走填权行情。前些日子,银通的兰总和我聊了,我们很多投资理念方面很契合,所以决定一起合作一次,目标是668。"

去年的行情非常不好,但是能够在这种情况下将股价一年拉升三倍,银通集团确实是行业内的翘楚,东屏暗自想道。他瞄了一眼赵先,发现赵先正看着郎英俊,而郎英俊白净的脸上没有一丝兴奋的表情,金丝边镜片背后的眼神仿若有话要说。赵先也注意到了这点,"Michael,有什么话想说么?"

郎英俊长长地"嗯"了一声,想了想如何表达,"银通集团业绩是非常好,估计去年收益率是公募基金第一名的好几倍,但名声在业界内却是一般。而且银通集团的操作手法比较凶悍,喜欢高举高打,与我们这样喜欢慢火煮青蛙、慢慢拉升股价的手法不太一样。"

老刘微微地点了一下头,赵先看了他一眼,"大家都已经看了计划,有什么想法可以畅所欲言。老刘你经验丰富,你怎么看?"

"赵总,计划是挺完善的,我提几个小建议。668公司是做海产品养殖的,我们公司在这方面的研究几乎是空白,需要完全仰仗银通集团的调研。而海产品的存货量是很难估算的,分析员不可能考一个潜水员证潜到海底去一个一个数吧?因此我估计银通那边也是按照668公司提供的数据估算的,准确性很难说。

并且,668的大股东的持股比例是超过50%的,持股数量比较大。不知道这次操盘的事情,和大股东方面勾兑得怎么样?不要到时候我们很辛苦地拉升股价,大股东正好借机出货,那我们就会很吃力。

另外,我们是第一次和银通集团合作,对他们也不算太了解。按照银通集团前几年的业绩,他们自己操盘的资金也应该是足够了,为什么要把蛋糕分给我们一起吃?原因还是要调查一下的。我个人建议还是保守一点操作比较好。"老刘娓娓道来。赵先环顾了下众人,其他人都很仔细地听着老刘的分析,默不作声了。

赵先拿起面前的陶瓷杯,轻轻地吹了口气,把茶叶吹散后抿了一小口,神情自若地缓缓说道,"你们的顾虑是对的,我们不打无准备的仗。战略上要藐视敌人,但战术上是要重视敌人,方方面面都要考虑周全。

要打赢这个仗,需要的是天时、地利和人和。天时,就是要看政策面。目前全球的经济形势非常不好,中国的GDP指数也一直下滑。前两天我得到消息,三季度的GDP指数只有8.2,但是四季度的情况可能会更加糟糕,也许会破7.5。而且工业企业的用电量也急剧下降,你们想,如果工厂都不用电了,说明不开工没有订单了,情况会有多糟糕。"

"是啊,"东屏接口道,"美国和欧洲的情况更加糟糕,西班牙的失业率都快接近20%了,特别是年轻人的失业率都快要到45％了。中国的产品出口占了很大比重，如果老外都不买中国生产的产品，那会有一大批的工厂倒闭。"

赵先赞许般地点了点头，"所以美联储的量化宽松政策一定还会持续很久。中国的人民币汇率是紧盯美元的，美国在印钱中国也一定会跟着印，而且估计会印得更多。另外，我和兰总也都认为，短期内央行会降息，降低实业的融资成本。"

郎英俊听到这句话，脸上露出了一丝得意的笑容。老刘有些不甘，"赵总，降息也许没那么快吧？我估计至少要等到四季度的统计数据出来以后。看以往央行的做法，还都是偏保守的。"

赵先意味深长地看了老刘一眼，简宁觉得赵先的眼神里，透露着胸有成竹的信息。简宁突然感觉到，赵先所说的"降息"，可能不仅仅是他和兰总进行分析后得出的结论，而是有确切的内部消息。

"因此，无论是加大货币供应量，还是降息或者降准，对股市都是利好消息。去年的行情不是很好，走势处于相对底部，股价跌破净资产的股票也已经出现，因此现在应该是一个比较好的入市良机。我估计最快今年年底，慢一点的话明年年初，股市会走出一波反弹甚至是反转的行情。这个对于我们操盘668是有好处的。"

赵先话里的信息量很大，有些内容简宁一时不能理解，于是拿起笔记本记录起来。但是瞬间，简宁感到众人的眼神齐刷刷地朝自己看了过来，仿佛是火车上的小偷被乘客们抓了现行。简宁有些不解,看到李振亚体谅般地朝自己笑了笑,"小陆,这种涉及公司机密的会议是不可以记录的,以免外泄。你第一参加项目操作会议,没有人告诉你,这次就算了,下次一定要注意。"

简宁尴尬地"嗯"了一声,合上了笔记本。李振亚又补充道,"关于'作战计划'你再仔细看看,会后所有的文件夹都要收回的。"

"好的。"简宁点了点头。赵先便继续说了下去,"地利,也就是668公司的基本面。'作战计划'里也有提及,668公司前两年增加养殖的海产品,今年已经到了收获期,估计产量可以翻一翻。而且今年年初,668公司采取了新的营销体系,新增了二十多家地级经销商,销售额也比去年有了很大增长。初步预计今年的净利润可以比去年增长100%。"

"有这么多?"与会的一个人问道,"看668半年的财报看不出来嘛。"

"那估计是故意压低的吧,比如把大部分销售收入确认放在四季度报表里吧。"老刘恍然大悟,"看来公司股东方面也都沟通好了吧。"

"我估计也是,"郎英俊又翻了翻"作战计划",把鼻梁上的眼镜往上抬了抬,"我以前研究过银通集团之前的坐庄方式,基本上都会有大股东的配合。把股价做高了,大股东也有好处,一方面以后慢慢抛就是了,另一方面到银行做股票质押的估值也会很高。"

"是的,"赵先说道,"668公司的大股东已经沟通好了,会尽可能地配合我们,而且会准备一些可以炒作的题材,利于我们拉升股价,具体内容暂时保密。回到刚才的话题,海产品的价格在今年也已经逐渐走出低谷,668公司产品的毛利率也会越来越高。"

"如果有业绩支撑的话,股价抬高的阻力就会比较小,散户和大户的跟风盘就可以将股价推高到一定高度。看来天时和地利都有了,赵总您真是深谋远虑、考虑周全啊。"老刘分析时不忘说几句恭维赵先的话,李振亚瞥了老刘一眼,皱了下眉头。

"赵总,那'人和'就是我们和银通集团的通力合作,还有您刚才说的大股东的配合了?"简宁好不容易找到个插嘴求教的机会。

"这次我们坐庄,采取的是"接力"的模式,银通公司会跑第一棒,先把668的股价拉升到30元以上。我们公司接第二棒,争取把股价再做到一倍以上。然后会有一家公募的基金接力第三棒,协助我们出货。最终的盈利部分,由我们三家均分。"

会议室里的几个人不约而同地笑了。公募基金接盘,无非是拿那些购买基金的老百姓的钱来高价接盘,接盘以后668是涨是跌就和银通集团、创先集团无关了。至于三家均分利润,显然不会是和公募基金来均分,而是和某些个人来均分。

"老刘刚才问的关于资金的问题,兰总告诉我,银通集团去年操盘的335和728都是大盘股,需要的资金量非常大。

而且去年和今年的资金借贷成本比较高，差不多年利率要接近30%到40%，盈利的一大部分都当作利息支付掉了，而且银通集团现在还有一部分股票质押在一些担保公司，暂时不能够抛掉。因此兰总这次希望和我们合作，让出一部分利润出来，不用独自承担那么大压力。理由听上去也挺合理。"

当然，这不是主要理由，银通集团前两年发展势头太猛，已经引起了证监会的关注。银通集团所控制的上千个关联股票交易账户，已经有很大一部分处于被监控的状态中，随时有被查封、停止交易的风险。所以，银通集团也必须找一家合作机构合作，进行股价的对倒操作。"

"那这次我们准备提供多少个交易账户？"郎英俊突然问道。

李振亚接口道，"我查了一下，我们有200个休眠了一年以上的证券交易账户，应该是安全和干净的。"

"嗯，先准备150个，先做一些其他股票的小额零散的交易，增加一下活跃度。另外50个备用吧。之前我们公司自己做过庄的账户不要用。"

"好的。"李振亚点点头，"明天我会把统计表交给您。"

赵先身体向前微微倾斜，双手十指扣拢，手臂靠在桌沿边，看着李振亚，"统计表你也给老刘一份。这次我们公司的操盘就由老刘总负责。韩炯、吕云来、李默、洪伟你们几个负责协助老刘。老刘入行二十多年，大风大浪经历过不少，经验丰富，你们也多学习学习。"

众人并不意外，确实在赵先的这些部下中，老刘最为年长，也是在证券市场上跌打滚爬时间最久的。股票操盘虽然需要提前的周密计划，但是也需要根据市场的情况随机应变，这时候经验就是最宝贵的财富了。老刘双眼低垂，掩饰不住得意又故作谦虚地说，"哪里哪里，虚长几岁而已。赵总这么信任，我一定带好队伍，圆满完成作战任务。"他也知道赵先的喜好，便用了军事小说中常见的台词。

　　赵先又转向郎英俊，郎英俊脸上挂着勉强的笑容，看得出他有些不服气，赵先笑了笑，"Michael，668操盘期间，你需要代表我们公司长驻银通集团办公。毕竟我们对他们不算太熟悉，以前没有合作过，他们也不是很了解我们。这个工作很重要。一方面是我们在银通集团的联络窗口，很多事情需要你进行协调；另一方面，很多信息也需要你平时留意，毕竟大家最后还是要分账的。如果分账的时候，我们对于他们的财务成本一无所知，那就麻烦了。每天的账户流水单他们会给你，每个月也会有具体的统计表，你要尽快核对。但那都是放在台面上的资料，你也要注意一下对方有无暗账。当然，如果差距不大大家都好说好商量，但如果数据差的太大的话，我们也要及时准备应对。

　　当然，银通集团也会派人到我们公司来，协助我们这里的工作，同时核对每日的明细账。老刘你也要给予方便，互相之间坦诚合作才可以长久。中国人的古话说得好，和气才能生财。要是有什么资料吃不准要不要给的，直接联系我。我最近在奉贤有个房产项目需要考察一下，大部分时间不在公司，你直接打我电话，找不到我就联系李振亚。"

"那我估计至少要过去大半年,我不在的时候,你们不要太想我哦。"郎英俊开着玩笑掩饰着自己略微的失望。名义上是做联络窗口,实际上和做间谍差不多,是个吃力不讨好的活,这对于留学多年喜欢干技术活的郎英俊是个挑战,但是也正是需要他的仔细和谨慎才可以做好这项工作,赵先暗自想道。

"东屏,简宁,你们负责打外围,配合老刘和Michael。"赵先继续安排道。

"打外围?"东屏有些疑问。

"嗯,"赵先肯定地点了点头,"有许多外围的工作要你们做。银通集团目前668的筹码收集还不充分,持股量还不高。你们也看到了,最近668的换手率很低,散户和大户手上的股票都不肯抛出来。现在如果启动拉升股价,只会帮着散户和大户们抬轿子,帮着他们赚钱。

668的大股东已经答应配合我们,最近668公司会公告一些利空消息出来。另外,义石所的周律师也帮我们联系了两个有点小名气的股评家,到时候他们会在电视上发表看空668股票的评论。你们两个要负责在外围散布对668不利的消息,让散户和大户们把手上持有的668的股票尽可能地抛售出来。"

"不过龙海证券的大户室,现在人已经少了一半多,都回家做股票去了,留下的几个都是年纪很大的大户。"东屏说道,"我们那间房间,以前可以凑两桌的大怪路子人还嫌多,现在有时候只能四个人打打斗地主了。龙海证券之前还是每个大户室配一个客户经理,现在是一个客户经理负责照顾三个大户室。我不知道靠我效果能有多好。"

确实如此,简宁想道,散户的交易大厅里现在也是人员稀少,三十台股票交易机很多都空着没人用。听老余说,以前交易大厅里都是人满为患,座位都不够,股票交易机经常有人霸占着,股价急升或者暴跌的时候,为了能够尽快买入或者卖出股票,经常有股民为争抢一台股票交易机发生争执,吵架辱骂是很普遍的情况,打斗也时有发生。"对,散户交易大厅也是这种情况,而且我听说最快明年民泰证券可能会关闭散户交易大厅。"简宁补充道。

"你们没有明白赵总的意思,"李振亚突然插话道,"回家炒股的人都会上网。现在网上有许多股吧或者是股票论坛,大部分股民都会看。你们要做的事情,是到各大股吧和论坛里,注册一些用户,发布看空668的消息。但是要注意,尽量少在家里登陆,可以找一些网吧,而且不要固定IP地址。"

简宁和东屏对视了一眼,露出心领神会的表情,东屏说道,"哎,这样最好。我一个穷白领,天天要到大户室冒充大户,和他们聊什么豪车别墅豪华旅游,每月还要花许多钱买衣服,行头不能给别人看瘪,实在是快装不下去了。最好以后大户们都回家,整个大户室就我一个人,配一个客户经理,享受贵宾级待遇。"

"但这样知识面和眼界提升很快啊,至少你知道有钱人喜欢聊什么。不是有人说嘛,要变得有钱就必须学会有钱人的思维方式,这种机会不是人人都可以遇到啊。"老刘调侃着东屏。

"确实,大户们对股票理解的深度,是我前两年遇到的散户们完全不能比的。"东屏感慨道,"等到大户们都回家了,简宁你就没那么好运了。"

"但是我可以向公司的各位前辈们学习。"简宁不卑不亢地说道,赵先盯着简宁看了几秒钟,若有所思。李振亚向赵先试探地问了下,"赵总,您看纪律是不是还要重申一下?"

赵先回过神来,点了点头,"老刘他们都做过几个项目了,小许和小陆这是第一次参加公司的项目运作,有些纪律还是有必要重申一下。我们打仗,必须一切以创先集团的利益为最高原则,我们绝对不允许参与项目的人员,利用公司的资源牟取个人的私利。我不希望出现有人偷偷低价买入668股票,再高价抛给公司的情况出现。所有人自己和直系亲属的股票账户,都必须到公司备案,也不希望出现利用亲朋好友的账户建立'老鼠仓',操作668股票的情况发生。一旦发现,公司严惩不贷!"

会议又持续了半个小时,众人讨论了一些操盘的细节,赵先便宣布散会,李振亚随即将众人手中的"作战计划"一份份收集起来。东屏站起身来,走到简宁身边拍了拍简宁的肩膀,"你小子可真运气,加入公司没多久就可以参加具体项目的运作。我可是熬了两年多,才可以有这次和你一样的机会。晚上我们通个电话商量一下,千万别搞砸了。"

简宁不知该如何回答,默不作声了。但这时赵先的声音突然传了过来,"你们大家先走吧,简宁你留一下,我有事找你。"

东屏有些错愕,隐约感觉到赵先对简宁比常人更为重视,但不明就里。简宁望着赵先,一字一字缓缓说道,"好的,赵总。"

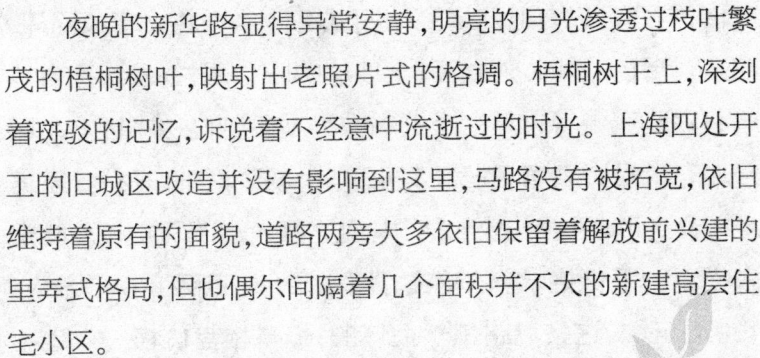

（四）股 吧

　　夜晚的新华路显得异常安静，明亮的月光渗透过枝叶繁茂的梧桐树叶，映射出老照片式的格调。梧桐树干上，深刻着斑驳的记忆，诉说着不经意中流逝过的时光。上海四处开工的旧城区改造并没有影响到这里，马路没有被拓宽，依旧维持着原有的面貌，道路两旁大多依旧保留着解放前兴建的里弄式格局，但也偶尔间隔着几个面积并不大的新建高层住宅小区。

　　马路两旁边缘与沿街房屋之间的行人走道，上海话俗称"上嘎一"，大概是来源于"上街沿"的意思。简宁缓步走在寂静的人行道上，看着偶尔擦肩而过、闲行散步的路人，仿佛与白天快节奏的都市生活完全隔离开来。这是一条适合情侣们、老人们、都市散人们、小资客们品位和享受知足与美好的绿色长廊。

　　这时简宁的手机响了起来，耳边传来了东屏的声音："简宁啊，是我东屏，在哪里啊？"

"嗯,还在外面,要送份资料给别人。"

"哦,我找了个网吧,准备上网发668的消息,老板布置的任务嘛。你好了以后也就近找个网吧吧,到时候电话我。"

"OK,一会儿联系。拜拜。"简宁挂断了手机,看了看手中黄色的牛皮纸大信封,感觉沉甸甸的。信封表皮上,画着一个大圈,圈里写着一个"黄"字。简宁想起会议结束时赵先交代的话:"你把这个信封交给黄小姐,其他不用问也不要多说,就可以走了。"

新华家园是这条绿树成荫的柏油马路上的一幢高层住宅楼,与两旁只有七八米高的旧式红砖楼房并立着,显得很突兀。褐色的墙砖外立面、全玻璃的阳台围栏设计,直白地对着马路宣告着它是这个闹中取静地段的高档小区。小区旁边有个沿街老房子已经"居改非"成了商铺,开着一家房产中介,门口竖着一块52吋电视屏幕大小的写字板。简宁去瞄了一眼价格,"新华家园,四室二厅,面积176平方米,750万元"。这条马路虽然很怀旧,但是楼盘价格一点也不怀旧,简宁心想。

小区虽然不大,只有一幢建筑,但是内部还是修建了一个小花园,种植着各种景观植物。花园的尽头是一个露天小孩游乐园,也配备了一些简单的老人健身设备。住宅的大门外安装着防盗门对讲系统和视频监控设备,简宁对着按键表盘按了"1204"几个数字。几声长响之后,传来了一个低沉略微嘶哑的女人的声音:"哪位?"

"我是赵先生派来的,我找黄小姐。"

没有回答,吧嗒一声防盗门露出了一道缝隙。

电梯门打开右转,简宁看着一个穿着睡衣的女人,斜靠在棕红色实木门板上,正看着自己。女人披着一头大波浪的长卷发,染成了棕黄色,但有夹杂着一缕缕红色的飘染发丝,脸上化着浓妆,深黑色的眼影、血红色的朱唇,看不出是准备出门还是睡前还未卸妆。黑色略带金黄的双眸直盯盯地看着简宁,仿佛是第一眼就要把他看透,简宁瞬间不好意思地低下头。女人的实际年龄完全看不出,虽然长着一张成熟性感的脸,但是睡衣却是淡黄色印着许多KITTY猫的图案,像是只有少女才会选择的式样。

简宁抬头瞥了一眼门牌号码,确实是"1204","您是黄小姐吗?"女人微笑着点点头,又上上下下地把简宁打量了一番。简宁感到她的双眼电力十足,便又低下头走了过去,把大牛皮纸信封交到她的手上,然后转身就走。没走几步,就听到背后传来嘶哑而又慵懒的声音:"等一下,你叫什么?"口气里带有一丝漫不经心的味道。简宁想起赵先交代过不要多说,加快脚步转弯到了电梯间,消失在了黄小姐的视线之外。

~~~~~~~~~~~~~~~~

网吧内有些闷热,东屏把外套脱下来,放在自己的膝盖上。公文包也放在电脑屏幕的左边,最近在网吧失窃的情况时有发生,东屏要让财物保持在自己的视线范围内。地上有些被踩灭的烟蒂还未被清理,有些电脑桌上还放在半开着插着一双一次性木筷的塑料饭盒,烟味、炒面的味道,还有各种盖浇饭浇头的味道夹杂一起,在空气中四处游荡。

虽说环境有些破落,但网吧内依旧是人满为患,东屏排队等了二十多分钟才能办到上机卡坐到电脑位子。到这里来玩的,大多是三五结伴的学生们,或者是二十多岁工作不久的同事们或者好友们,一起玩联机游戏或者网络游戏,像东屏这样孤身一人倒是少数。电脑启动的时候,东屏瞄了一眼旁边穿着带有油渍的蓝色运动服、头发蓬松着乱糟糟、学生模样的人,正紧张地盯着花花绿绿的屏幕,玩着《魔兽世界》。他不断地对着耳麦大吼着:"牧师,加血加血……法师快控制住小怪……靠,术士谁让你用的蓝胖子,还嘲讽,BOSS拉不住了……完了完了,要团灭了……大家跑尸吧!"

自己读书的时候可没那么多闲情逸致来玩网络游戏,要不然也不能从小县城跑到了大上海,东屏边想着边点开浏览器,登陆了西方财经网,一口气注册了四个账号,起了四个完全看不出任何关系的名字:"668分析员""赚了半套房""一个人的寂寞"和"沧海枭雄"。中国有句古话叫"三人成虎",现在先用"668分析员"来发表看空668的评论,"赚了半套房"做辅助评论顺便造势,然后加上简宁注册的账号的配合,应该可以影响到一部分股民的心态,东屏这样计划着。同时,根据668将来的走势情况,"一个人的寂寞"和"沧海枭雄"则作为备用账号以备不时之需。

西方财经网的668股吧界面中间上方是668的实时K线图,左边是"基本情况""公司公告""财务信息""个股研报"等关于668的资讯内容,中间下方则是股民们的讨论区。东屏发现，668的公司公告有新的提示，便点了进去："668大股东通过大宗交易方式减持所持本公司无限售条件流通股，占本公司总股本比例为1.97%"，发布时间则是在当天下午17:30，交易市场收盘以后，显然是最新的消息。

赵先在下午开会的时候，曾提及银通集团的低位股票筹码还没有收集够。这次大股东减持手上的股份，应该是转让给了银通集团。既然银通集团将坐庄帮助668拉升股价，大股东自然要有所表示，给银通集团一定数量价格比较低的股票，同时也可以增加银通集团的筹码集中度。东屏想了想，用"668分析员"在股吧里发布了第一条关于668的帖子：

"大股东都减持了，668不看好，再不跑来不及了。"

发完这条消息后过了几分钟，东屏连续刷新了几次页面，发现没有人更新，又用"668分析员"发了条帖子：

"今天是缩量十字星，明天肯定跌，一月之内跌到10元。"

然后东屏又用"赚了半套房"的账号在后面跟了一个帖子："兄台，明天要割肉么？"

果然过了没有多久，股吧里就有十多人跟帖，基本都是观点相反的意见：

"668翻一倍没问题，楼主你就准备踏空吧！"

"庄家扔出带血的筹码，我们没有道理不笑纳。"

"668就像一团干柴，一着即燃、一燃即旺、一旺冲天，火苗已经有了，大家还等什么。"

当然还有直接骂"楼主傻X"的。买了股票的人，都是喜欢看涨不看跌的，持有一厢情愿的心态，容不得不同意见。

但东屏注意到,也有一条相对比较专业的分析:"从668的走势来看,还处于底部盘整阶段。"发帖人名叫"龙五",东屏点开他的个人资料,顺手加了一个"关注"状态,紧接着用"668分析员"发表了第三个帖子:

"大家别瞎嚷嚷了,找机会走人,不然没钱回家过年了。"

东屏连续发了三个看空668的帖子,惹怒了668股吧里的众股民,一时间群情激奋,东屏被群起而攻之,大多都是带有人身攻击的回帖,从东屏的十八代老祖宗,到东屏身上的各个重要器官都给予了"热切的问候"。东屏也不甘示弱,用"668分析员"逐一进行回击,手指在键盘和鼠标上不断跳动,忙得不亦乐乎。

快到深夜十点左右,简宁的电话进来了:"东屏,我已经注册好了西方财经网,叫'御弟哥哥',马上来帮你了。"

"'御弟哥哥'?亏你想得出这个名字,谁是你的女儿国国王啊?对了,你刚到哪里逍遥去了?我孤军奋战呢,快骂不过来了……"东屏两眼通红,提高了嗓门,旁边的学生哥转头瞄了他一眼,仿佛是在看一个网吧异类,然后又回头专注于自己屏幕前的副本之战。

"别提了,找了半天没找到网吧。我到家了,668股吧里面的帖子我都已经看过了。需要我怎么做呢?"简宁自觉是个新手,怕乱发帖帮了倒忙。

东屏身体往后靠在座椅背上,一只手搭在电脑桌沿边上,用食指轻轻地击打了几下桌面,沉思了几秒,"这样,你也别和他们对吵,发个帖子表面上做和事佬,让大家不要吵,暗中偏向我一些。"

"嘿嘿,明白。"简宁笑了笑,点击了股民讨论区右上角的"发表新帖",编辑了一段文字:"今年海产品的价格比较平稳,不上不下,668的管理层也没有什么作为,好像上了市就完成了圈钱任务一样,不求上进。如果没有新的题材的话,这种股票还是以观望为上策,大家别费心思了,还是散了吧。"这段文字表面看上去,对668既不看涨也不看跌,实际上是劝大家不要买,简宁心里有些得意,点击了发送。

没过多久,"龙五"在简宁的帖子后面跟了帖,"这位兄台说话比较中肯,没有好题材的话,668很难有大的作为。但是从最近的走势来看,庄家有洗盘吸筹的迹象,一旦开始拉升,建议迅速买入。"

简宁和东屏同时一惊。也许是瞎蒙的吧,毕竟668在12元到14元之间已经横盘很久有,有人认为是庄家洗盘吸筹也很正常,东屏这样说服自己。于是,东屏用"赚了半套房"回复了"龙五"的帖子:"大师,如何看出庄家在洗盘?"

"龙五"很快就回了帖:"很多技术指标解释起来很复杂,但主要还是看交易量和股价走势的变化。日K线看没那么明显,看5分钟的K线图更清楚一些。"

简宁完全不理解"龙五"在说什么,"龙五"应该是个技术派,心里很是佩服。"龙五、龙五",看来股吧里藏"龙"卧虎啊,自己如果在两年内也能达到这样的水平,就很满足了。

东屏看了看手腕上的卡西欧运动表,时针指向了十点半,心念一动,脑海中浮现出雨熙灿烂的笑容,情不自禁地发了条短消息："雨熙,我是许东屏,你睡了么？"

等了十多分钟,雨熙一直没回短消息,东屏不由得烦躁起来。身旁的学生哥依旧是嗓音洪亮："我去,那个衣服是给牧师的,法师你干嘛 ROLL 啊？还能不能一起愉快地玩耍啦……"东屏忍不住拍了一下他的肩膀,"玩游戏就玩游戏,你不会打字啊,吵了我半天了。"

学生哥转过头,一脸不满正预备发作,看到东屏比他更加凶神恶煞的脸色,顿时气势上退缩了几分,把已经到嘴边的脏话硬生生地吞了回去,嘴角一翘又转头回去,那表情仿佛是在对东屏说"不屑和你计较"。

东屏的手机滴滴地响了几声,雨熙的短消息终于如久旱后的甘露姗姗来迟。"不好意思,加班晚了,还在回家路上,刚才没注意。"

"没事没事,就是突然想到你了。天色已晚,自己路上要当心一些,晚安！"东屏赶忙给雨熙回复了一条。

"嗯,知道了,晚安。"

似乎有戏,东屏反复咀嚼着雨熙回复的那几个简单文字,股吧里不知身在何处的股民网友们的辱骂、身旁学生哥嘈杂刺耳的叫喊声,仿佛都抛到了九霄云外,心里乐开了花。

（五）
暴 跌

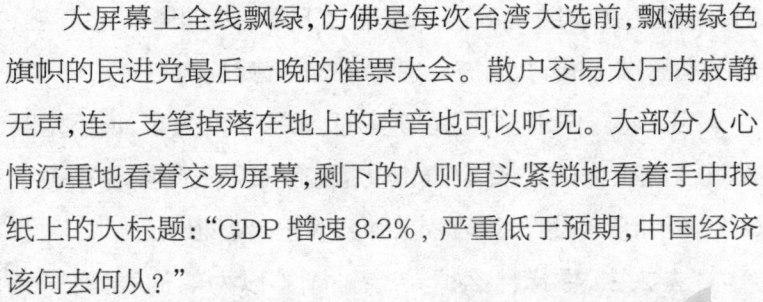

大屏幕上全线飘绿，仿佛是每次台湾大选前，飘满绿色旗帜的民进党最后一晚的催票大会。散户交易大厅内寂静无声，连一支笔掉落在地上的声音也可以听见。大部分人心情沉重地看着交易屏幕，剩下的人则眉头紧锁地看着手中报纸上的大标题："GDP 增速 8.2%，严重低于预期，中国经济该何去何从？"

王阿婆抿着嘴，嘴角向下像一轮倒挂的弯月，皱着眉头，脸上愁云密布。坏消息就像事先经过排练般的接踵而至，前一天刚公布了 668 的大股东减持股票的消息，后一天 668 便公告了第三季度的财务报告，同比减少 20%。668 给出的解释是，第三季度是宴请宾客的消费淡季，而竞争对手产量增加，拉低了海产品的价格。"公布三季度报表的前一天大股东减持，这不是内幕交易嘛？"老余在一边煽风点火，"把我们中小散户当什么啦？去证监会告他。"

简宁瞄了一眼 668 的价格，股价已经跌破 12 元了，但是成交量并不低,换手率超过了8%。简宁有些同情王阿婆,但不知如何去安慰她,毕竟自己是身在局中,做局才刚刚开始,不能坏了规矩。只听到老余又说道,"放量下跌啊,不是什么好事!"

简宁狠狠地瞪了老余一眼,心想今天银通集团应该买入了不少668吧,不知道收集的筹码足够了吗?看王阿婆的脸色,这两天估计没睡好觉,股票的涨跌可以左右人的情绪,影响人的生活,真希望银通集团已经完成了筑底。

虽然王阿婆不说话,老余的嘴依旧不依不饶,"看这形势,大盘还是要继续下跌。倾巢之下焉有完卵啊。王阿婆,你的消息准不准啊,别被人忽悠了,不行就割肉吧!"

"王阿婆,你别急,还是等等吧,都跌了几天了,说不定明天就会涨上去的。"简宁赶忙劝慰道,如果王阿婆现在抛了668,等到涨上去的时候肯定后悔,简宁暗自想道。

"去去去,你懂什么,"老余一副不以为然的表情,毕竟简宁还是股市的新人,老余完全没有把他的意见当回事情,"668这个走势,跌掉30%至少的,估计要跌到10元以下的,到时候再捡回来好了。再说股票又不只有668一个,好股票还是很多的。"

这时候大屏幕上出现了795的最新行情,"老余,你的795今天也是跌的啊!"简宁揶揄道。

"795现在是盘中调整,还是要往上走的。795明显是有庄家的,而且有实力,我看668就是散户们自娱自乐的,连庄家都没有。"

我们就是668的庄家啊,简宁被老余这句话逗乐了,强忍住笑意,故作哀伤状,"前两天我也买了668,反正王阿婆我陪着你,要输一起输。"王阿婆低下了头,简宁突然发现自己说错了话,"呸呸呸,王阿婆,668一定会涨的。对了,是谁告诉您的消息?"

简宁一直很好奇,关于668有庄家要操盘的事情,自己也是在集团召开内部项目协调会的时候才知道,居然王阿婆知道得比自己还早。这种隐秘的事情,如果真有人事先泄露了消息,还是需要调查并向赵先汇报的。"王阿婆,你说花了大价钱的,不会遇到阿扎里(骗子)了吧?"

王阿婆长长地叹了一口气,"唉,小陆,说花钱是我随口说说的,其实是我孙女告诉我的。我孙女肯定不会骗我,但是她这个消息从哪里来的,我也不知道。"

"你看看,说不定告诉你孙女的人,也是随口说说的呢,你孙女就当真了。"老余一脸得意的表情,仿佛是在炫耀自己之前的预言得到了印证。"这年头,连按摩店里修脚的师傅都说自己有消息,听消息靠不住的。"

"老余,你不是一直懊悔没听消息,结果没能够进大户室吗?"简宁讽刺道,"怎么现在又成技术派了?"

"我就是后来听了太多消息,现在才还窝在这里。索性一开始就靠自己的判断来炒股票,说不定也已经上楼了。"老余连忙解释道。正说着,简宁看到绿色的阴棒又往下沉了点,大盘又跌了1%。

王阿姨手中的毛衣已经快编织完成了,但显然她已经没了心思，呆呆地看着银白色亮晶晶的毛衣针头，心事重重。忍住，千万要忍住，简宁咬了下嘴唇，绷紧着脸，神情阴郁。

简易的三夹板床只有一米多宽，刚好够睡一个人。上面铺了一层薄薄的床垫，东屏后仰靠在土黄色的床头板上，悠闲地看着电视。房间里虽然只放着书桌、衣柜和床头柜等几件简单的家具，但依旧让人感到空间狭小、有些拥挤。有些灰暗的墙壁上，零星可以看见十几处裂缝和凹陷，像是在控诉前任主人们所留下的伤疤。地板上到处是桌脚留下的拖痕，点缀着大大小小形状各异的黑印。旧式框架窗格内只有一层花样简单的布艺窗帘，虽然还未到冬季，房内仍旧能感到一丝寒意。

这是位于浦东北张家浜河一侧的白领公寓，以前曾经是某个工厂的员工宿舍，后来被人改造并用来对外出租。公寓内有上百套一室户的房间，房间内没有设置厨房空间，没有煤气不能做饭。每一层有一个空间开阔的盥洗室，分成三个部分，中间有一个"凹"字型长达十多米的水槽，配有十几个水龙头，可以供多人同时使用。而两侧则分别挂着男用卫生间和女用卫生间的铭牌，可以用来上厕所和洗澡。

虽然房间不足十平方米，但房租每月也要超过1000元，并不便宜。但即使是这样，仍旧供不应求，只要有人退租，第二天新的房客便会搬进去填满空缺的房间。东屏看中这个地方，一方面是周边生活便利，菜场、超市、饭店、银行、医院应有尽有，而且都是在步行十分钟的距离之内，另一方面也是距离创先集团总部路程较短,也就一辆公交车就可以到达的范围内,无须换乘。

电视上一位穿着深灰色西装,系着深蓝色领带,戴着无框眼镜文质彬彬的中年男子,正慢条斯理地发表着评论:"刚才有股民朋友们问到,668这个股票将来的走势。从消息面上来说,最近668的利空消息非常多,大股东减持、公司的盈利能力也在下降。从基本面上来讲,我们判断海产品的价格短期不会有太大变化,四季度虽然是传统的消费旺季,但是今年的三公消费有可能会从紧,668公司的产品销售情况不会很乐观。并且,668的竞争对手也已经提交了上市申请,如果成功过会的话,可能会进一步影响到668的股价……"

东屏冷冷地哼了一声,这人也许就是周律师介绍的股评家之一吧。屁股决定脑袋,坐在庄家这一边的股评家自然会帮庄家说话,听上去越有道理的言论,可能越会隐含着陷阱。可自己不也在做着同样的事情么?

半个小时前,东屏还在668论坛上舌战群儒,与其他股友们打着口水仗。东屏连续几天发表看空668的言论,已经让"668分析员"这个注册号小有名气,引起很多人的关注。但出乎他意料的是,668的暂时下跌,反而让668的股友们空前团结,一边倒地压制着"668分析员"。"乌鸦嘴""庄托"等则是股友们给"668分析员"起的绰号,当然更多的是一些"小人得志"的负面评价,以及用词不堪入耳的咒骂。

"龙五"的跟帖虽然看似中庸,但也能听出少许对东屏的不满:"我相信'668分析员'本意是好的,有句话叫'忠言逆耳'，大家不要过于生气。不过话说回来，668已经是超跌了，如果现在抛出668很有可能会踏空，错过一波反弹的行情。""668就算真的会继续跌，'分析员'你也没必要连续发帖制造恐慌情绪吧！"

简宁的"御弟哥哥"几乎没有帮上什么忙，用词文绉绉的，很快就被埋没掉，几乎不能引起别人注意。毕竟还是大学刚毕业，书卷气十足，东屏心里暗自评价道。财经频道的股评节目已经结束，东屏看了一眼墙壁上悬挂的时钟，正指向夜晚九点半，突然想起双色球的开奖时间是昨天晚上九点半，已经过了一整天了，自己居然没有发现，于是赶忙上网查找开奖结果。

查询的结果让东屏哭笑不得。东屏和雨熙在彩票站当场各选的三个红球数字，居然一个都没有中，而东屏前一晚自己选的蓝色球数字12倒是中奖了。按照双色球的规则，虽然红色球数字一个都没中，但是只要蓝色球数字中了，就可以得到最低的奖金，每注5元。东屏一共买了5倍，便是25元。虽然杯水车薪，但总比没中好，至少没亏本，东屏紧接着拨通了雨熙的电话。

"雨熙，我是东屏，告诉你个好消息，我们合买的彩票中奖了！"东屏兴奋地说道。电话那头有些嘈杂的声音，雨熙沉默了几秒，似乎是没有反应过来，"彩票……"

"对啊，就是我们认识那天合买的彩票，你忘啦，我选的三个数字是我的年龄和生日。"

"哦，是嘛，中了多少啊？"

"不多,5元一注,总共25元。一人一半的话,每人12元5角。哈哈,这是一个良好的开端啊,下次估计能中大奖。我怎么把钱给你啊?"东屏心想,正好利用这个机会约一下雨熙见面。

"不用了,钱是你付的,赢了应该归你。"

东屏略有些失望,想了想,"说好一人一半的,虽然中的金额比较少,但我可不能失约啊。要不这样,25元可以买12注双色球,我再买一次,中了还是大家一人一半。你这次选哪三个数字?"

"嗯,好呀。数字还是上次那三个,你还记得么?"

"当然记得了,"东屏说着拿起手中的彩票核对了下,"4、9、23嘛。"

雨熙笑了,"我记得你选的是11、14、26对吧?"东屏有些飘飘然,心情如同翱翔在天空的海鸥俯视着浩瀚的大海,"你记性真好!雨熙,你是做什么的啊?这么晚还没回家?"

"嗯,"雨熙的声音明显感觉到一丝警惕,"我学的是酒店管理,现在在一家酒店实习。"

"哦,挺好的,上海的旅游业发展越来越快,美国的迪斯尼乐园据说以后也会在上海开一个,上海好的酒店会越来越多,做你这行以后找工作挺方便的。你们实习都这么晚啊?"

"是啊,我们分班制的,我有时要上晚班,半夜两点才下班的,累都累死了。不说这个了,你是做什么的啊?"

"我?我……"东屏发现很难准确去形容自己的工作,总不见得说自己是坐庄的吧,"嗯,我是做金融投资这方面的。"

"哦,那很厉害啊!"东屏感到雨熙的音调中增加了一点点兴趣,"那你数学一定很好,我从小就挺佩服数学好的人。你们是投资哪一个方面啊?"

"呃……"东屏故意拖长了声音,想吊一下雨熙的胃口,"其实我们是做股票的,投资证券市场。"

"哦,不懂,不过我听人说股票风险挺大的,要靠消息的,最近股票好做吗?"雨熙问道。

"还可以吧,我们是靠技术的,股票是有规律的。反正我们一直是赚钱的,大势好的时候多赚点,大势不好的时候少赚点,只要技术过得硬,总有股票可以赚钱的。"东屏一边说着,一边想象着自己是一个坐在中军大营、指挥着千军万马、谈笑间敌军就灰飞烟灭的将军。"我们买的股票,一般都会涨!"

"哇,那天看到你,就感觉你是青年才俊!"果然人靠衣装、佛靠金装,为了能够与大户室的大户们打成一片,东屏在平日一直精心打扮着自己,以给别人留下好印象。"没想到我认识个小土豪!"雨熙的口气里满是羡慕。

东屏环顾了下四周,几乎可以用家徒四壁来形容的房间,喉咙里有些苦涩的味道。我算土豪吗?东屏自嘲着想道,双眼闪烁着坚定的目光,不过就算现在不是,以后一定会是的。

———〰〰〰———

虽然已临近冬日,但这天却阳光明媚,一扫萧瑟的秋意。午后慵懒的日光,不经意地穿越了铁锈般褐色的树枝和麦穗般黄色的秋叶,安静地倾泻在了青灰色如宝石般圆润的鹅卵石地面上。简宁坐在咖啡馆外的藤编靠背椅上,感受着这年剩余不多时光的温暖。如果是一个人的话,想一些前尘往事,想一些突如其来的灵感,想一些不曾领悟的生活哲理,也许会给自己带来惊喜和惬意。

但这却是在陪赵先和老刘喝下午茶,简宁只能像拉回风筝般地收回自己飘逸得很远的思绪,说服自己集中精力倾听两人的对话、并不时给予应对,显得自己很认真。"我几年没过来了,这里变化真大,商业氛围完全成型了。"老刘环顾着四周感慨着。

"以前的老古北,是上海开发的第一个国际社区。这里的碧云社区是第二个。老古北当时是日本人和韩国人比较多,这里是以欧美人为主。沿着这条路往下,就是别墅区,基本都是欧美风格的别墅。"赵先指着咖啡馆外露天区域门前的马路说道。

咖啡馆的旁边是一个大型超市,简宁注意到不时有金发碧眼的年轻母亲,推着婴儿车,提着装满日常用品的环保袋经过。同时,也有许多穿着短袖T恤和运动短裤,身材健硕的异国肤色的猛男,从咖啡馆外的人行道上跑过。天气已经有些凉了,老外们还穿得这么清凉,身体素质真是好啊,简宁从心底发出羡慕。"感觉这里规划得更好一些,生态环境不错,绿化覆盖率更高。"老刘评价道。

"嗯,这里现在也已经成熟了。教育、休闲、体育、文化等等配套设施基本都全了,居住率也比较高了,"赵先的手肘靠在玻璃台面上,用手指轻轻地捏着自己的下巴,"不过古北二期据说规划得也很不错,在黄金城道那边,比老古北肯定要好得多。老刘,你不是有换房的打算吗？这里和古北二期都可以考虑下。"

老刘呵呵地笑了起来,但简宁总觉得他有些皮笑肉不笑的感觉,"想是想啊,但这里的价格,我买还是有些吃力的……"简宁也听出了他的弦外之音,转头看了下赵先,赵先却没有一丝意外的表情,仿佛他就是等着老刘这样的反应。"老刘,你要是真考虑买这里,集团也可以给你支持。缺钱的话,集团也可以先借给你,毕竟能问银行少贷点款就少贷点吧。"

简宁瞪大了眼睛,转头深深地看了一眼老刘,他没想到集团有这样的好事。但老刘的脸上却没有太多惊喜,反倒是有些阴郁。他默不作声,低下头端起面前的卡布奇诺喝了一小口,然后瞥了一眼简宁。简宁不明白老刘在想什么,只听见赵先继续说道,"老刘,反正你问银行借也是要付利息的。我考虑,利息这块就作为集团的福利,可以免掉。"

老刘凝神看着自己的陶瓷咖啡杯,似乎有什么话卡在喉咙里,欲言又止。赵先摆了摆手,爽朗地笑道:"老刘,这个福利政策呢,你是集团第一个可以享受的,以后实行得好,我考虑是要逐步推广的,奖励有功之臣嘛。小陆你也要好好干,以后只要为集团能够做出贡献的,都可以享受这个福利。老刘你有什么想法,也尽管说出来,小陆也不是外人,让他听一听也没什么。"

简宁突然意识到,自己实际上是个证人的角色。本来类似于这种个别员工福利的商谈，自己完全没必要参加，但赵先却借故把自己也带了过来。只看见老刘开始不间断地轻微点着额头，嘴角边慢慢挂出一个诚挚的笑容，像是下定决心般地说道，"谢谢赵总，公司能这么关照我，我只能说感激涕零啊！赵总，反正公司有什么用得到我的地方，您尽管开口，我一定会竭尽全力尽我所能。"

老刘说起肉麻的话来真是一套又一套，而且可以做到面不改色心不跳，简宁暗自佩服。赵先似乎是很满意，"以后有得是你大展拳脚的时候。我最近在考虑集团业务的拓展方向，以后只做证券二级市场肯定不行。一方面，我们要向VC、PE公司转型，原有的证券二级市场的业务单独划出来成立一家公司，将来可能就由你老刘负责；另一方面，其他的行业我也考虑是不是要先踏一只脚进去，比如小微金融，还有我最近一直在奉贤考察的房地产项目。

当然，随着业务的发展，人才的需求就会很迫切，小陆，你可要尽快成长起来啊！"

"小陆，赵总一直很看重你，你可不要让赵总失望哦！反正我是愿意为集团赴汤蹈火，在所不辞。"老刘的表情十分轻松，一改刚才沉重的脸色，看得出他心情舒畅。

赵先站起身来走到老刘身边拍了拍他的肩膀，"都是自己人，不用那么客气。还有个事情，过两天银通集团的兰总会和我一起吃个晚饭，交流下最近的情况，老刘你和郎英俊陪我参加。嗯……陆简宁你也一起参加吧。到时候银通集团派到我们集团来长驻的人也会一起参加，大家正好都认识认识。"

"哦,好的!"简宁和老刘异口同声地回答道。

"那银通集团派的人叫什么名字,说不定我以前就知道。"老刘继续问道。

"姓莫,好像叫莫东岩。"

（六）
强　迫

　　几辆黑色的宝马车依次停靠在了君丽夜总会的门口,身穿统一黑色西装的保安们疾步上前,打开了后座车门,赵先、兰总一行人依次鱼贯而出。简宁抬头仰望,不由得有些惊叹于夜总会大门的气派。夜总会的门口竖立着两座面对面的巨型维纳斯雕像,雕像的花岗岩纹理清晰,似乎都是用完整的石块雕刻而成。雕像的上方,悬挂着一块长方形的深红色牌匾,上面镂刻着五个金色大字"君丽夜总会"。大门是不锈钢制的,银底金边,在上方强烈的灯光照射下显得份外亮眼。最让人印象深刻的是大门墙壁上的完整的壁画,画面有四层楼高,数十米长,内容是在一个古色古香的庭院中,十几个穿着锦罗绸缎、扮相古装的少男少女们在吟诗作画。简宁看得出,这幅画大概是参考了《红楼梦》里海棠诗社众人比诗的桥段。

　　银通集团的兰总挺了挺圆滚滚的肚子,松了一下裤间的爱马仕皮带。他五十岁上下,半秃的脑门上整齐地向后梳理着黑白相间的头发。也许是因为年纪的关系，他的脸腮非常松弛，并且由于肥胖向两侧耷拉着，使他整张脸看上去是一个梨型。他的眼睛有些向前突兀，眼珠很小，有着很深的眼袋，却不时透露着尖锐的目光，让人感觉有些凶相。

兰总脸色微红，略带一丝醉意，一把搂住赵先的肩膀，"赵总，这家店我也经常来，女孩子多，好地方。兄弟你有品位！"

赵先神态自然，似乎并没有喝多少，顺势拍了拍兰总的后背，"哈哈，看来大家志趣相投啊。今天兄弟我做东，兰兄你千万别和我抢哦！"

"行，那我就不客气了，今天就一切听赵总安排了。"兰总松开手，疾步走上台阶，众人便跟了进去。

这日晚上，赵先偕老刘、郎英俊、简宁等人，与银通集团的兰总一行人进行了聚餐，彼此熟悉了人员情况。酒饱饭足之后，兰总提议找个地方唱歌，赵先便带着所有人前往了君丽夜总会。

君丽夜总会位于上海市三区的交界之处。此处也是当时上海比较有名的夜生活地带，周边还经营着其他几家知名的夜总会，每到夜晚降临便灯火辉煌，豪车聚集。这里还流传着这样一个故事：有人曾在十字路口过马路的过程中遗失了一个钱包，在报警以后，民警需要他回忆是在开始过马路的时候遗失的钱包，还是过完马路的时候遗失的钱包，以此来确定具体可以进行报案管辖的派出所。此人开玩笑地说，如果是走到马路中间的时候钱包被偷窃了，那岂不是没有人管了？

简宁是第一次去夜总会,颇有一种"刘姥姥进大观园"的感觉。九米多挑高的大堂顶部,垂落着直径十多米的珠帘状水晶吊灯,映射着洁白的大理石地面,让人感到尊贵高雅。墙面则是用统一白底黄边的墙砖贴成,其中的一面从上到下悬挂着一副巨大的山水油画,十分令人震撼。

刚进大堂,便有身着粉红色半透明连衣长裙的迎宾小姐上前引领,从大堂正中的大理石台阶上走向二楼。二楼的走廊也十分宽敞,在均匀排列的镶嵌灯的照射下显得异常明亮,没有一丝压抑感。

君丽夜总会的包间都是用城市来命名的,比如北京、上海、天津等等。赵先所预定的"重庆"包间在夜总会的三楼,是一个四十多平方米的长方形大包间。包间装修得很豪华,顶部是暗色反光玻璃,地面铺着一层厚厚的短绒地毯。包间靠门一侧的墙壁上,有两台挂壁式60吋平板电视屏幕。电视屏幕对面是一个长条"凹"字型转角沙发,目测坐二十来个人都没问题。包房的一角放置着电脑点歌系统,两位身着学生制服装的女孩子已经手拿遥控器、恭敬地站在旁边。

一进包房,莫东岩便悄悄地拉了下老刘的衣角,"刘兄,这里是'荤场'还是'素场'?"老刘咧着嘴笑道,"这里是'素'的,赵总不喜欢太乱来的地方。""哦……"莫东岩拉长了声音,脸色有些失望。

简宁有些紧张,也有些兴奋,感到心脏扑通跳得厉害。赵先和兰总坐在了长条沙发的正中间,其余人便按公司所属依次坐在他们的两侧。简宁坐在了最靠门的转角处,侧对着电视屏幕和赵先,正对着电脑点歌系统。郎英俊看出了简宁的紧张,凑过来轻轻地触碰了下简宁的膝盖,"没来过?"

"嗯,"简宁点点头,"第一次。"然后他看了一眼对面的两位学生装女孩,压低声音,"那两个是小姐吗?"

郎英俊笑了,"什么呀,那个是小妹,帮忙点歌和倒酒的。一会儿你别说话,别让银通集团的人看出来觉得你嫩。"

简宁羞得满脸通红,紧闭双唇,紧张得双手牢牢抓住自己的大腿,决定不再说话。此时,一阵嘶哑尖锐的声音从门外飘了进来,"啊呀,不好意思,我来晚了!"一个穿着亮银色鱼鳞片闪长裙礼服、披着白色长毛皮披肩的女人,从门外冲了进来。简宁感到有点面熟,瞬间想起来,正是自己送过信封给她的黄小姐。

黄小姐看到简宁也是一愣,但立刻满脸堆笑,转向赵先和兰总:"两位贵客光临,让我们这里蓬荜生辉啊!"

兰总咧开嘴大笑起来,眼睛被挤得更加小了,"陈美丽,气色不错啊,生意一定很好吧!"

"哪里哪里,还不是托两位的福,我们也只是混口饭吃,哪比得上两位老总生意兴隆啊!啊呀,特别是赵总,很久不来了吧,我还以为我们这里招待不周,您把我给忘了呢!"

简宁有些纳闷,她不是姓黄么,兰总怎么称呼她"陈美丽"。赵总朝自己这边的人挥挥手,"这是美丽姐,你们叫陈姐也可以,以后你们带朋友来玩,直接报美丽姐的名字。"

"赵总真是关照小妹啊!"美丽姐说着,变戏法似的从身上隐蔽的口袋中掏出一叠黑色的名片,一张一张地发给包房中初次见面的新人。"以后来,先给我打电话,我给你们留着好点的女孩子,保证你们满意。"待她走到简宁面前,弯腰递过名片时,简宁看到她朝自己挤了下眼睛。然后,美丽站直身体,朝门外大吼一声,"公主们可以进来了。"

话音未落,一些穿着统一黑色吊肩带长裙、深褐色高跟鞋的年轻女孩们从门口鱼贯而入,不一会儿便站满了房间。简宁坐在侧面粗粗地打量了一番,估计有二十多人,年龄大约都在十八到二十五六上下,有直筒长发的、也有弯曲短发的;有清纯的、也有妖艳的;有丰腴的、也有高挑的,但都浓妆艳抹,看不出素颜长相。简宁心里有种说不出来的滋味,都是漂亮女孩子,做这行真是可惜了。

赵先和兰总互相客气地推诿着让对方先选。最后赵先说,"今天我们创先集团做东,我们算主人吧,兰总你可一定要听我的。你先挑。"

"好好好,我就不和你这个主人争了,"兰总转过头咽了口口水,立刻指向站在靠中间的一个身材高挑的女孩,"就她吧!"

"兰总真会挑人!"美丽姐跷起了大拇指,"小美才来了没多久,兰总可要多多怜香惜玉啊!"那女孩脸色微微一红,低下头径直走向兰总。简宁看到她有一头笔直柔亮的黑色长发,侧面有着如同时装杂志上模特儿的完美棱角,紧闭的双唇让人感到有点冷艳的气质。

其他被挑选的女孩也陆续落座,夹坐在男人们的中间。轮到简宁时,简宁觉得胸口发胀,脸上像在发烧,说不出话来。只听见美丽姐说道,"赵总,这位小帅哥是谁啊,今晚我来陪他吧。"

"哦,他是小陆,你可不要吃他豆腐哦!"赵先举起面前的酒杯,向美丽姐示意道。兰总听了哈哈大笑。"呵呵,怎么会呢!"美丽姐说着便坐了下来,双手很自然地勾住了简宁的胳膊。简宁本能地往另一边挪了挪位置,没想到美丽姐直接把头靠了过来,往简宁的脖子和肩膀之间蹭了蹭,一股浓香扑鼻而来,"别怕,不会吃了你的。"

简宁没有理会她,双眼依旧看着坐在兰总旁边的小美。小美显得有些拘谨,只坐了一半的沙发,双腿紧紧并拢,腰板挺直地坐在兰总旁边。兰总色眯眯地瞟了小美一眼,笑容有些猥琐,左手饶了过去搭在小美左盆骨的地方,轻轻地捏了一下。小美身体一紧,往前又坐了一点,端起面前的红酒杯,举到兰总的面前,"兰总,我敬您一杯。"简宁感觉到小美似乎都快滑到沙发边缘了。

酒过三巡之后,不少人已经喝多,郎英俊趴在身边女孩的大腿上睡着了。莫东岩醉醺醺地捧着酒杯走到简宁身边,一下坐到了简宁和美丽姐的中间,一把搂住美丽姐。美丽姐露出不快的神色,"莫总,女孩子不满意吗?"

莫东岩舌头有些打结,"啊,啊,没有,没有。就是这个场子放不开啊,不刺激。"确实,君丽夜总会里的情景,与简宁原先预想的有很大不同。公主们以聊天陪酒为主,最大的尺度也就偶尔的搂搂抱抱,和以往简宁看过的小说中所描绘的情形有着很大的不同。

"你要什么刺激啊？"美丽姐冷冷地说道，"我们这里可就这些，没有特殊服务。你想要的话，自己和女孩子谈条件，出去随便你们怎样。"

莫东岩浑身都是酒气，眼神飘忽，吸了吸鼻子，"哦，哦，我老婆、老婆可是只大老虎，可、可凶悍着呢了！"莫东岩有些口不择言了，连自己是'气管炎'（妻管严）也说了出来，看来真是喝多了。

这时候，一阵哀伤的音乐传了过来，小美拿起话筒静静地唱了起来：

总有一些话，来不及说了

总有一个人，是心口的朱砂

想起那些花，那些傻，眼泪落下……

简宁不喜欢喝酒，只是应付着抿了几口，头脑还算清醒，听得出小美唱的是戚薇的《如果爱忘了》。这首歌说的是女孩被抛弃以后，虽然爱着对方，却祝福对方能够获得新的幸福，歌词委婉地表达出了既留恋过往又忍痛放手的心境。小美专注地看着屏幕，声音婉转动人，简宁感到自己人没喝醉，却被歌声醉了。兰总一只手搂住小美的腰，另一只手放在膝盖上打着节拍，简宁看得眼睛有些冒火。

待到深夜十二点多，众人准备起身散场，小美和兰总之间却起了争执，言语有些激烈，美丽姐连忙走了过去。原来，兰总邀请小美出去过夜，但小美说什么也不肯。美丽姐连忙赔笑道，"兰总，实在不好意思，小美刚来不久，只是陪聊天的，她不出台的，兰总您就包涵包涵吧。"

兰总一脸怒气,目露凶光,"陈美丽,啥意思？别告诉我你这里是卖艺不卖身的。你这地方我可是老来了,还没遇到过这样的妞。"

赵先也在一边劝慰着,"老兰,漂亮女孩子多的是,这姑娘我看也挺老实的,你就别为难她了。"

美丽姐连忙点头,拿起一个装满红酒的酒杯,"兰总,今天是我们这里没招待好,我赔罪,自罚一杯！"说着一口把杯中酒灌了下去,"兰总,要么我再叫两个女孩子陪您？保证比她漂亮！"

"少来,我又不要你喝！"兰总依旧不满,"看不起我是吧？五千够不够？五千不够八千！"

"兰总,您是我们这里的贵客,您的要求我们一定尽力满足。但这不小美刚来没多久,还没下过海吗？人家不愿意,我们也没办法。"说着美丽姐抓住小美的胳膊,又倒了满满一杯酒塞到小美的手里,"来,小美,赶快敬兰总一杯。"

"别别别,没这么好糊弄！"兰总用手按住小美手中的酒杯,"啥事情都有第一次的,这不出来混都是为了赚钱嘛。我出一万总行了吧?！"

小美坐在一边,低头呜呜地哭了起来。美丽姐和赵先在一旁劝说了兰总半天,兰总仍旧不依不饶。"老赵,今天你做东,这么小的事情都搞不定,以后怎么愉快地合作啊！"

美丽姐看着赵先,似乎在征询他的意见。赵先眉头紧皱,强忍住内心的不快,向美丽姐微微地点了点头。美丽姐便拎起小美的手臂,把她拖到简宁的身边,两人坐了下来。"傻孩子,你就陪一次吧,反正灯一关眼一闭就过去了,第二天地球照转日子照过。"

小美低着头不说话,依旧在低声抽泣。美丽姐继续劝道,"你老是不出台也挣不到什么钱的。你看阿凤她们,都开着好车拎着名牌包包来上班,阿凤她做这行才做了多久?我和你说,男人都不是好东西,就这么回事,与其被一些只会动动嘴的男人骗,还不如找个有钱的实惠。

再说,你也是谈过恋爱的,不算吃大亏。听美丽姐的话,美丽姐可是一直挺照顾你的,不会害你的。以前美丽姐有赚钱机会的时候,也都没有忘了你。你要是觉得一万太少,我叫他出两万。"

这不是逼良为娼吗?简宁顿时怒火中烧,"美丽姐,人家不愿意,何必去强迫人家,要遭报应的!"

美丽姐正说得口干舌燥、找不到词的时候,听到简宁的诅咒,一下子也火气上来了。她瞪了一眼简宁,"你这个乳臭未干的毛小孩懂个屁!"然后对着小美恶狠狠地说道,"你今天不愿意也得愿意。你要是不愿意,以后就别来上班了。你外面哪里去找只要说说话陪陪喝酒就可以挣到万把块以上的工作?"

小美紧咬着下嘴唇,仍旧不做声。美丽姐一把拽起小美的头发,往门外拖去,一边拖着一边对外喊着,"小虎,把阿豹、阿豪他们都叫过来!"小美痛得惨叫起来。

简宁感到热血直冲脑门,双手握紧拳头正准备起身,老刘突然坐了过来,一把按下了他。简宁回过头去正待发作,只听老刘压低了声音,"别多事,你斗不过他们的。想想自己的将来!"

简宁仍旧试图站起来,但老刘的手牢牢地握住了简宁的胳膊。简宁看到赵先正威严地看着自己,仿佛在用命令的口吻让自己坐下。小美,千万不要答应她,简宁的鼻子有些酸楚。

大约过了二十多分钟,美丽姐扭着腰一晃一晃地走了进来,神情有些奇怪。兰总歪着嘴,哼了一声,"美丽啊,搞定了么?"

美丽姐停顿了一下,慢悠悠地说道,"兰总,我们也尽力了。十万一晚,低于这个数我们也没有办法了。"

兰总有些吃惊,转过头看了看赵先,赵先正在用打探的眼神望着他,那表情似乎是在考验对方有没有实力。兰总想了想,冷笑着说:"行,十万就十万,股票上下抖一抖就远远不止这个数。"

简宁突然感到了一丝绝望。

（七）
割 肉

　　散户交易大厅内人烟稀少，大部分座位空着无人问津。大盘开始阴跌，虽然每天的跌幅很小，如同一段平缓的下坡路，但是不知不觉中累积的跌幅就让人感到心痛。在这样的盘面下，就算每天还准时报到的股民们也都个个无精打采，像是只为了完成正常上班考勤任务、过过场而已。

　　简宁手中握着一个已经半冷的粢饭团，边咬着边向往常习惯所坐的位子望去，王阿婆和老余都不在。简宁有些纳闷，难道连他们也都回家上网进行股票操作了么？寻觅了一会儿，发现穿着已经被洗得不成样的藏青色旧帆布外套的王阿婆，正站在股票交易机前，神情木讷地看着屏幕。老余则站在她的旁边，皱着眉头一语不发，神情凝重。

　　简宁也走到王阿婆身旁，仔细看了一下屏幕，画面正是668的K线走势图，股价已经跌到了10.50元。王阿婆哭丧着脸，额头的皱纹愈加明显，人中两侧的法令纹也因为双腮的深陷而更加深刻，看上去苍老了许多。

老余抬头看到简宁,没好气地说,"你来啦,看看668吧!前几天我说割肉还不割,现在跌成什么样子啦!不听老人言,吃亏在眼前!"

简宁生怕王阿婆在这种情况下抛了668,便拉了下她的衣袖,"王阿婆,我也有668的,也都屏到现在了,反正死马当活马医吧,我就当做长线了。"

"小陆,你没经历过熊市,这种阴跌最可怕了,虽然每天波动很小,逐步一点点下跌,但就像钝刀割牛肉、温水煮青蛙一样,慢慢把你耗死。而且长时间阴跌下会出暴跌,这股票说不定会跌到6元以下。"老余像教训晚辈一样对简宁说道。

这时候,一笔2000手的卖单,直接秒掉了挂在10.49、10.48、10.47的几百手买单,668瞬间跌到了10.40,而且下面挂着的几个价位的买单稀稀拉拉的,都只有几十手,处于多方完全无法抵抗的空方的状态。

王阿婆像是下定决心般,抬起瘦骨嶙峋的手开始按键盘。也许是因为过于紧张,她的手指不断颤抖,连自己的账户名都连续按错几个数字。简宁看到她按照所看到的最高的买单价格10.40元卖出668,但等她刚输入完卖单数据,668股价便下挫到10.38元;王阿婆赶快撤销刚才的卖单,再继续按照10.38元的价格输入卖单,但命运仿佛和她开玩笑般,等她再次输入完卖单数据,668的股价便又下挫到10.36元。老余看着连连摇头,简宁也为她着急。终于,在10.28元的价格上,王阿婆清空了手上所持有的668股票。她长长地舒了口气,闭上眼睛,如释重负。

"小陆,你也赶快抛了吧!"老余很认真地看着简宁。简宁知道他没有坏心,是为自己好,但又不能对他言明自己的真实身份,心里很是难受。王阿婆听到老余的话,睁开眼赶忙让出空间把简宁拖到了股票交易机前,"小陆,来,阿婆让你,你也赶快抛吧。"

我怎么抛啊?!简宁顿时觉得为难。由于创先集团的规定,不允许集团员工参与操作自己公司坐庄的股票,简宁自己的股票账户里,一股668都没有。这不要露陷了么?

可正在这时,668的分时走势线仿佛是开在F1大奖赛上的超级弯道的赛车,突然转头向上。一瞬间10.50以下的卖单全部被吃掉,分时走势线出了一个"V"字型。简宁明白了,刚才是银通集团的操盘手进行了一次很小规模的诱空操作,把像王阿婆这样的恐慌者手里的股票一举扫尽。"王阿婆,我还是再看看吧,"简宁趁势找了个借口。

看到自己的股票卖在了阶段性最低点,王阿婆的脸色更难看了,像打翻了五味瓶,心里什么滋味都有。简宁心底暗自算了一下,王阿婆在668上的损失大概在30%左右,不知说什么才好。老余也愣了一下,马上接口说,"小陆你还是抛了吧,一会儿还是要跌的。"

"唉,随便他去吧,要是再跌我就当买个教训吧,反正我钱也不多。"简宁假装叹了口气,转移了话题,"老余,你的795怎样了?"

老余摇了摇头,有些烦躁,"也就那样吧,跌了一点,大盘不好,涨不上去,我看它往上动一动就会被摁下来,捂着吧,现在实在难做,我一个朋友最近踩着地雷了,买个股票一个月跌掉50%。现在就应该空仓。"

简宁点点头,大厅里沉闷的气氛让简宁倍感压抑,感觉心口堵得慌。他从衣服口袋里掏出一包烟,向王阿婆和老余打了个招呼,转身疾步向玻璃大门走去。

~~~~~~~~~~~~~~~~

粉色的玫瑰上沾着少许露珠,夹杂着几支黄色多头康乃馨,包着一层紫色的宣纸,捧在东屏的手中。花束中还插着一支淡粉色的绒毛小熊,非常俏皮可爱。东屏穿着黑色的紧身皮夹克,显得有些瘦削,站在中山公园龙之梦大厦外的半圆形露天梯台上,等着雨熙的到来。不时有人从东屏身边走过,都会被东屏手中的花束吸引,有些女孩子们还互相交谈评论着,流露出羡慕的眼光。

东屏有些得意,这是他连续多日夜晚在完成668股吧发帖的任务后,给雨熙打电话嘘寒问暖的成果,换得了这第一次和雨熙约会的机会。他更得意的是,由于668的连日下跌,他在668股吧的日子也一天比一天好过。虽然还有少许执迷不悟的人把他当做668下跌的出气筒,但大部分人已经很客观地在评论他的帖子,就连"龙五"的说话语气中也有一丝尊敬的味道。

为了这次约会,东屏精心打扮了一番,头发上抹了发胶,脸上也涂了少许润肤露和BB霜,遮掩了他皮肤上因为年少时的粉刺而残留的坑坑洼洼。衣服裤子都是上次洗完以后没有穿过的,整个人看上去干净清爽。出门前,他特地把皮鞋又擦得锃光发亮,就像新买的一样。

约会时间是傍晚六点半,东屏特地提前了半小时赶到了约会地点。已经是晚秋季节,天气已有些寒冷,露天梯台上没有任何遮挡,不时吹起的冷风让东屏感到脸颊有些微微发烫。他做好了雨熙迟到半小时以上的准备,上海女孩子约会经常会迟到,以试探对方是否有足够诚意,他曾经听别人说过。

这时候皮夹克内袋突然有铃声响了起来,东屏赶快掏出手机,原来是郎英俊的来电:"东屏,说话方便么?"

"嗯,可以。"东屏略微有些失望。

"告诉你件事情,明天开始银通集团就准备拉升668了。你在股吧发言的时候要注意配合。"郎英俊压低了声音。

"哦,好的,老板知道了么?"

"嗯,我已经向赵总汇报了。他让我打电话也和你说一声。"

"好的,不过今晚我有些事情,上线要晚点,没问题吧?要不让简宁先发帖应付应付?"东屏原来的打算是为了今晚的约会时间宽裕,不再去股吧发帖的。

"应该没问题吧,反正我就是通知你一声,你自己决定吧。再见!"说完,郎英俊挂断了电话。

东屏刚按了结束键,就看到一个穿着紫色呢绒收腰大衣的女子笑盈盈地向自己走来,正是雨熙。雨熙穿着黑色的高跟长筒靴,脖子上围着粉色的纱织围巾。东屏也露出笑容,心里莫名地开心起来,迎了上去。

"等了很久了吧？天很冷，你其实可以在里面等我。"雨熙指了指龙之梦商场的内部大堂。

"没有，我也刚到一会儿，你很准时，"东屏微笑着说，"这个送给你。"说着便把捧着的花束递到了雨熙手里。

雨熙客气地笑了笑，然后用鼻子闻了一下，"好美的花，谢谢你！"

"还有这个，"原来东屏捧着花的时候，手指上一直勾着一个塑料袋，也递给了雨熙。"这是什么？"雨熙低下头，边打开塑料袋边问道。

"一点小礼物，我想冬天快到了，你可能用得到。"塑料袋里，装着好几包红色外包装的暖宝宝，"你可以贴在内衣外面，用来防寒的。"这是东屏考虑了很久选择的礼物，自己没有太多的钱可以送贵重的礼物，但是一定要能体现心意和新意。

"呵呵，还第一次有人送我这个，你真有意思。"雨熙有些意外，说着拿出一包暖宝宝，在自己的肚子上比划了一下，"这个挺好的，贴着也看不出来。"

"是啊，这样你冬天穿得少点也不会太冷。"东屏微笑道。

当晚的电影是一部情节枯燥乏味的国产恐怖片，老套的故事情节，略显夸张的演技，以及基本可以猜到谜底的结局。东屏和雨熙的前面坐着两个韩国人，从头到尾都在说着"思密达"，东屏不知道他们是否听得懂中文。特别是影片结尾的时候，导演开始解密，两个韩国人不知为何开始大笑起来，其中一个还把手高举起来指着电影屏幕，东屏恨不得踢他们的座椅靠背。

本来,东屏原以为雨熙看恐怖片会害怕地尖叫,或者是用手捂住眼睛,正好可以借机体现一下自己的骑士精神,说不定还能借机和雨熙来次亲密接触。没想到雨熙看恐怖片就像是在看《名侦探柯南》,没有一丝的紧张,还不断地分析人物关系进行逻辑推理。末了,雨熙来了句,"唉,现在的恐怖片,最后不是精神分裂就是梦境,实在没新意。"东屏都想跪了。

电影散场以后,东屏本想到楼下的星巴克坐坐,雨熙却提议出去走走。"晚上有些冷,你不要紧吧?"东屏关切地问道。"没事,很久没散步了,陪我逛逛吧。"

华灯初上,霓虹灿烂,晚风拂面,夜色微凉。

东屏静静地走在马路上,感到心弦有一丝拨动。从第一眼起,他就预感到身边的这个女人是自己这一生中注定的情劫,但又不知如何开口。雨熙和他并排走着,手臂之间靠得很近,东屏有些犹豫自己是否应该去拉她的手。

"对了,你是哪里人啊?"雨熙突然问道。

"嗯……"东屏犹豫了一下,考虑是不是要说实话,他也知道有些上海女人的地域观念很强,但想了想也还是据实相告,"我老家在江苏。"

"哦,那你什么时候来的上海?"

"我读大学就来了,都好多年了。"东屏的话匣子打开了。东屏出生在江苏省的一个小县城,父母经营着一家铝合金门窗店。东屏排行老三,有两个姐姐。虽然中国实行着独生子女政策,但是对于有着养儿传宗接代观念的很多地方,并不能有太大的约束作用。为了上缴生养二姐和东屏的超生费用,东屏的父母也几乎用光了当时绝大部分积蓄。当东屏伴随着哭啼声呱呱落地的时候,东屏的爷爷奶奶爸爸妈妈个个喜笑颜开,仿佛是完成了人生中一个最重要的使命。

自然,东屏也承载了一家人的梦想。从小,东屏所用的都是家里能够负担的最好的东西。他的二姐身上穿的用的,都是大姐所穿过用过的衣物,但是到东屏这里全换成新的。东屏的父亲坚信"读书可以改变命运",因此要求东屏一门心思地读书,而其他事情全部由家里人代劳。在东屏的两个姐姐已经开始帮母亲操持家务的时候,东屏连洗碗这样的小事情家里也不让碰。

而且,让东屏至今有些想不明白的是,东屏的两个姐姐也觉得这一切是理所应当的事情,而且做得心甘情愿。有一次,东屏从外面回来,经过一段建筑工地时不小心把自己的跑鞋给弄脏了,回家后自己找了一把刷子刷了起来。没刷两下,二姐不知道从哪里冒了出来,一把抢下刷子,把东屏挤到一边,"去去去,看书去。"

东屏两个姐姐的梦想似乎就是想让东屏也生个儿子。她们经常会在一起讨论,如果东屏养了儿子后,她们怎样轮流来帮他带小孩。"在家的时候,她们两个就像我的两个左右护法。"东屏笑着对雨熙说。

"她们还没结婚么?"雨熙问道。

"都结了,二姐是前年结的。现在都自己有了孩子。"

"那她们还会帮你带么?"

"听她们的意思,以后我如果有孩子放回老家的话,她们还是会来帮忙的。不过那还早了,以后的事情都说不准的。"

东屏也不负家里的期望,读书成绩一直很好。江苏省一直很重视教育,竞争激烈,学生们的书本往往连课桌里都放不下,堆在课桌上像是一座高高的大山,就算是学生偶尔在书堆后面打个小盹老师也都看不见。高考的时候,本来就成绩名列前茅的东屏又得到了幸运女神的眷顾,考到了全省理科的第82名,获得了上海某知名大学给江苏省为数不多的几张录取通知书中的一张。

"我们那里,大学生还是有不少,但是能考到北京上海的知名大学的,只有我一个。当时整个县城都轰动了,教育局门口都挂上了大横幅,我的照片至今还挂在我中学的橱窗里,就差帮我树个雕像了。"东屏笑道。

"那以后每个新生都要瞻仰一下你的音容笑貌了。"雨熙半开起了玩笑。

"是啊,我大学的时候,还回去开过几次讲座,介绍高考的经验。"

"你是学什么专业的?"

"国际金融,当时我的第一志愿。如果没考上的话,我就只能去南京读一个二流大学了。想想自己填志愿的时候,胆子还是比较大的。"东屏说道,"那你呢?你在哪里学的酒店管理?"

"我？"雨熙扑哧一笑，"我从小读书没什么天分，高中毕业后高考考了两次，才好不容易考上一个大专。其实我文科还行，但是数学很差，所以一直挺崇拜数学好的人。"

"哦，女孩子不用读书很强。"东屏随口说道。雨熙皱了下眉头，显然对他这句话不以为然，觉得东屏骨子里还是有些重男轻女的观念。

不知不觉，两人从中山公园走到了静安寺前的南京西路上。道路两侧的梧桐树上缠满了霓虹灯泡，有节奏地交错闪烁着，宛若挂在树枝上的星星，非常好看。不断有衣着时尚的青年男女从高档商场内走出来，手上提着各式著名品牌的纸袋，也有些贵妇打扮的中年女人已经穿起了毛皮大衣。雨熙看着灯火通明的落地玻璃橱窗里各种款式的高档品牌新款，神情有些落寞。东屏假装没有看见，抬头看了一眼漆黑的夜空，一轮弯月在远处若隐若现。

"月亮上真的有嫦娥和玉兔么？"雨熙突然问道。

"也许有吧。"

"那你觉得经过了那么多年，嫦娥会不会被吴刚感动呢？"

嫦娥为了后羿牺牲了自己，飞奔到了广寒宫独居，吴刚为了嫦娥能够与后羿相聚，年复一年日复一日地伐树制作飞升之药。一个男人为了自己心爱的女人能够和她所爱的男人相聚，能够那么多年无悔地付出，这又是为了什么呢？

东屏没有回答，他心念一动，想到了另外一件事，"雨熙，你做不做股票？"

雨熙愣了一下，"我不会啊，但是我以前开过股票账户。

你问这个干吗?"

东屏心想,现在时机还不成熟,"没什么,有可能会需要你帮个忙。"

（八）
反　弹

　　创先集团操盘室的大门是由特质不锈钢材料做成，门边安装着指纹认证的安防系统，门外走廊的壁顶上也悬挂着六个监控摄像头，从不同的角度对准着大门，感觉就像是里面放着成堆金条的保险室。操盘室内大约有200多平方米的空间，规则地排列着十多套成套办公桌椅，显得很宽敞。每张办公桌上，放置一台外置电脑机箱配着四块电脑屏幕，每块电脑屏幕上显示着不同的证券实时信息和技术信息。而靠内一侧的墙壁上，悬挂着一个硕大的、几乎可以垂到地面的投影屏幕，屏幕上正实时播放着关于668的分时走势图和其他关于668的最新信息。

　　自从进入创先集团以来，这是简宁第一次被允许进入到集团的操盘室，简宁感觉自己就像是在参观美剧《反恐24小时》中的反恐局总部。虽然很多人说那部电视剧中的男主角不死小强的人物设定像是一个开了外挂的BUG，但简宁更觉得他的搭档，那个可以随时侵入任何电脑系统的电脑高手才是真正的 BUG。不管怎么说,第一次置身于类似电影或电视中的高科技场景中,还是让简宁有些疲惫的心里有了些小激动。

前一晚,赵先又安排简宁去了一次新华家园,给黄姓女人送了一个包着厚厚资料的大信封。简宁有些害怕见到她,生怕她做出什么出格的举动,同时又对她那天在君丽夜总会的所作所为十分地憎恶。如果可以,简宁希望赵先能够安排东屏或者其他人代替自己去送材料。但看赵先的意思,这份快递员的任务,以后就由自己担当了,而且会很多次。"人在江湖,很多事情身不由己",简宁这样安慰自己。

不过昨晚黄姓女人并没有为难简宁。她只是淡然地接过信封,"哦"了一声,便转身关了房门。看得出她情绪有些低落,完全没有在君丽夜总会遇到时那样神采飞扬。等简宁回到家,已经半夜十二点,他洗漱之后,又打开电脑上线在股吧发了几条帖子后才睡觉。

老刘仔细地核对手中的对账单,莫东岩拍了拍他的肩膀:"放心吧,没问题的,都是电脑直接拉出来的。"

老刘点点头,"你们的操盘手很厉害啊,668一路下跌,他们居然都可以做非常小波段的高抛低吸,不断降低持仓成本。东岩啊,我估计你们的成本只有9元不到吧。"

莫东岩嘿嘿地笑了笑,怂了怂肩膀,一副无可奉告的表情。简宁看了下大投影屏幕,668的股价已经涨到了12元以上,也就是说,银通集团已经至少每股赚到了3元以上。简宁指了指屏幕中间右上方一点的地方,问道:"老刘,有个问题想请教下。为什么我们可以看到那么多挂出来的买单和卖单价格？我看散户们好像只能看到向上五个价格的卖单情况，以及向下五个价格的买单情况。"

"因为我们是机构客户啊，用的也是 VIP 系统软件。而且我们可以实施监测 668 大单的买入和卖出情况。必要情况下，我们都可以查到是通过哪个账户买的，是通过哪个账户卖的。"老刘解释道。

"你们集团挺好，通过实战培训新人，我们那里不行，从来不招菜鸟。"莫东岩笑着说，"小菜鸟，你看今天的盘面看出什么问题了么？"

简宁盯着屏幕看了很久，缓缓地说道，"今天好像没什么大单，最多也就几百手的买单或者卖单。是不是因为 668 的股价跌得太低，所以靠散户们自己就把股价又拉了上来？"

老刘和莫东岩互相对视一眼，同时莞尔一笑。老刘接着说，"小陆，你犯了一个散户们经常犯的错误，就是只盯着大单的走向。实际上，在收集股票筹码的时候，很多操盘手都会通过小单来交易，哪怕只有几手、几十手，避免被发现。我们常说，悄悄地进村，打枪的不要……"

"对，也是为了避免被监管，还会通过不同的账户来对倒，避免只有买入或者卖出的单向交易记录。"莫东岩补充道。

"哇，那岂不是手指的速度要很快？"

"是啊，我们银通集团有两个操盘手，在输入账户数字的极限手速，不比那些专业的游戏选手差。不过我看他们没事也打星际啊、DOTA啊，就当是训练了。"莫东岩调侃道，简宁知道他是在开玩笑。

"不过，以后监管会越来越严，会越来越难做。"老刘说着皱起了眉头，"我很多朋友都觉得没太大意思了，不但要技术，还要能够预测政策风向，另外还要不被发现，像做贼似的，风险和收益不能成正比。不如去投靠公募基金，虽然少赚点，但担子轻许多。"

"也未必，做公募也累，如果收益不好，受托发行基金的银行会盯着你的。上次我听你们赵总和我们兰总聊天，还说起这个，觉得以后风险会越来越大。你们赵总好像准备转型，从二级市场转战一级市场。毕竟，一级市场是暴利，如果投资的公司可以上市，那都是十倍、二十倍的利润，比我们现在赚辛苦钱还要被老百姓骂不知要强多少倍。以后如果有二级市场的业务，大概会和别人合作吧。"

听到这段话，老刘脸上的肌肉瞬间崩紧了，像是挂了霜一样。简宁想起赵先曾对老刘说过，以后二级市场业务要从集团剥离出去，交给老刘来管，看来只是听上去很美的一件苦差事。简宁看了看668，股价又向上跳了跳，不由自主地想起了前两天割肉低价抛出668的王阿婆，便问道："这波行情，银通集团准备把668做到多少的股价啊？"

老刘也把脸转向莫东岩，这也是他想知道答案的问题。莫东岩没有看他俩，沉默了许久，然后说了句，"鬼才知道。"

当天晚上，莫东岩做东，请老刘、简宁几个人吃了顿晚饭。众人酒饱饭足以后，莫东岩掏出一张名片，给陈美丽打了个电话。虽然简宁极不情愿，找了几个理由，但架不住其他人的热情劝说，又再次被带到了君丽夜总会。

等到穿着黑色吊带裙工作服的女孩子们走进包间后，陈美丽穿着一袭香槟色的长裙也风风火火地冲了进来。她很自然地又坐在了简宁身边，嬉皮笑脸地对简宁说，"今天想起来来看我啦。"

简宁很别扭，身子往前靠了靠，不知怎么回应才好。同时，他朝整齐站成一排的女孩子们迅速地扫了一眼，希望可以看到小美的身影。但是让简宁失望的是，小美并不在她们中间。简宁细微的动作并没有逃过陈美丽的眼睛，她捏了一下简宁的脸颊，"原来不是来看我的啊，真让我失望哦，不过我知道你想看到谁。"

莫东岩朝陈美丽挥了下手，"美丽姐，你就不要调戏小陆啦，他就是个乳臭未干的小毛孩，经不起你折腾。今天我们可是好说歹说才把他拖了过来，别给人家带来心理阴影哦。"

"得了吧，你这个老色鬼，"美丽姐丝毫不以为然，"你的意思是说，他是情窦初开的小伙子，那就是我占他便宜咯。男人嘛，谁不是这样过来的。"

"我可不老，才三十多，男人的黄金年龄。要不美丽姐今天我们多聊聊？"莫东岩喝了点酒，说话有些肆无忌惮。老刘看在眼里，心想陈美丽可是和你我的老板都相熟，说不定是什么关系，你都敢这样说话放肆？他赶忙接过话："东岩你可是钻石王老五，估计这里的女孩子看上你的不少。怎么样，有看中的没？"

陈美丽哼了一声，转过头继续和简宁说话，"小美今天上班晚，现在在换衣服呢，一会儿我就让她过来。"

简宁被陈美丽看穿了心思，脸上微微一红，本能地侧过头，假装在努力回忆，"美丽姐，哪一个小美？我怎么没有印象？"

"切，跟姐有什么好装的，"陈美丽心里觉得好笑，"你上次激动得都快站起来了，别以为我光和小美说话没看到。你上次是不是想英雄救美啊？"

"哦，我想起来了，"简宁明白在陈美丽这个老江湖面前，怎么装也都是没用的，索性承认了，"嗯，她看上去挺可怜的，美丽姐如果可以的话，要不我就和她聊聊吧。"

陈美丽深深地看了简宁一眼，面容上流露出一丝欣赏的神色，语气也变得柔和起来，"嗯，让小美陪你总比陪他们要好。小美不太会喝酒，容易吐，你要照顾她一下。"

简宁点点头，心里有了一丝感激，仿佛暂时遗忘了上次对陈美丽恨之入骨的情形。一想到一会儿又可以见到小美，简宁莫名地焦躁起来，不时往门口瞧瞧，小腿不自觉地屏紧，脚尖也踮了起来。至于房间里其他人在说什么、做什么，简宁已经全然不知了。

小美进来的时候低着头一言不发，以至于很多人都没有注意到。她一眼就认出了简宁，径直走到简宁身边坐了下来。简宁朝她微微点了下头，拿起她面前桌上放着的一个空酒杯和一瓶绿茶软饮料，准备倒起来。小美赶忙按住他的手，简宁的手不自觉地一抖,只听到小美说,"没事,我自己来吧。"

包房里的服务员小妹赶忙走了过来,半跪在地毯上,接过小美手中的酒杯,倒上了半杯黑方威士忌和半杯绿茶,然后用调酒棒搅拌起来。简宁待小美拿过酒杯,自己也拿起面前的酒杯,主动和小美的酒杯轻轻地碰了一下,"来!"

小美低下头,眼波流转,简宁突然想到了那句"一低头的温柔",心想如此面容纯美的女孩子居然在这风月场所,实在是有些可惜,心里又是一股酸楚,"我多喝点,你随意吧,没事的。"

两人简单地交流了几句,小美提议玩"猜骰子"的游戏。简宁是新手,边玩边学习游戏规则,接连输了好几把。几杯酒下肚,简宁有些飘飘欲仙的感觉,也不知哪里来的勇气,便学着莫东岩他们的样子去握小美的手。

小美只是笑了笑,没有抗拒,把手掌翻了过来五指张开反扣住了简宁的手指。她的另一只手也伸了过来盖在简宁的手背上,身体很自然地斜靠在简宁肩膀上。一股清新的香气飘入了简宁的嗅觉之中。

"你在这里做了多久了?"简宁问道。

"三个月吧,我想想,八月份来的。"

"那以前呢?做服务员的?"

"不是,在读书啊。毕业后很长时间没有找到工作,后来以前认识的朋友在这里做事,把我介绍给了美丽姐,就来看看了。"

"哦,现在工作不太好找啊。"

"是啊,运气不好,正好遇上金融危机,我同学现在家里蹲的还有好多。"

简宁想起,自己在毕业前夕,也投递过十几份简历,但都如同石沉大海,杳无音信。后来,还是通过父亲的安排,才进入到创先集团工作。简宁在大学里并没有学习过关于证券投资方面的课程,进入创先集团后几乎是从零开始,但他觉得这段时间自己学习到的知识很多,都快来不及消化了。

也许是两人年龄相仿的缘故,简宁和小美越聊越投机,很自然地说起了各自的过去。小美的父亲是上海人,年轻的时候响应国家"接受贫下中农再教育"的指示,离开上海去了云南插队落户,成了一名边疆农场的知青。在一次泼水节上,他认识了一位美丽的傣族姑娘,两人相爱并结为连理。虽然上山下乡的务农生活很艰苦,但是两人相互扶持、相互照顾,倒也过得很开心。

"那你什么时候回的上海?我听我父母说过,好像七十年代末,很多知识青年都返城了。"简宁问道。

"一开始并没有回来。本来我爸爸有机会最早一批回上海的,但是我妈妈没法一起过来,所以考虑再三后放弃了。而且当时我妈妈刚生了小孩。"

简宁瞪大了眼睛,然后问道,"那你有哥哥或姐姐咯?"

"有过一个哥哥。"

"有过?"

"嗯,但是他很小的时候,患了脑膜炎死了。"小美面无表情地说道。

"哦,不好意思,我不是有意要问的,如果你不想告诉我也没有关系。"简宁略有歉意地说道。

小美笑了笑,"没有关系的,我这个哥哥我自己都没见过。不过当地的医疗条件确实很差,很多人生了病没得到及时医治而过世的情况很多。所以我出生以后,爸妈就决定一定要回到上海。"

"那后来呢?"简宁问道。

"后来我爸爸先回来了,把我也带到上海。但是我们的户口问题一直没有解决,直到前两年才办妥的。"

"哦,那你妈妈和爸爸长期分居两地啊。其实没户口你妈妈也可以过来的啊。"简宁有些不解。

小美一语不发,沉默了许久,简宁感觉到自己可能说错话了。过了会儿,小美幽幽地说道,"我妈妈身体一直不好,爸爸来上海一年后,我妈妈就去世了。"

简宁叹了一口气,"对不起,让你想到了伤心的往事,我自罚一杯!"说着,简宁举起面前的酒杯一饮而尽。小美看着他,也拿起酒杯喝了一大半,"没关系,你也不是有意的。你说,人的生死是不是太过无常?"

简宁突然想到了日本战国时代织田信长的座右铭,"人生五十载,如梦亦如幻,有生斯有死,壮士何所憾。"人的命运变化无常、无法预测,唯有坦然面对。它也许好、也许坏,但不管如何,只有努力去做,把人生当做只有一晚的梦,就会努力去实现了。也许小美出生以后,把她带回上海,就是她父母的梦吧。梦实现了,就可以安然迎接生命的最后一击。

这时候,莫东岩端着自己的半杯酒,摇摇晃晃地走了过来,一屁股挤在简宁和小美中间,"来来来,别光顾着聊天了,我们喝个交杯酒一起来唱个歌吧。"

简宁厌恶地往旁边挪了挪位置,小美低下头,小心翼翼地端起酒杯轻轻地在莫东岩的杯沿边上碰了碰,将剩余的酒喝了下去。莫东岩抬手一把抓住小美的手腕,"急什么,还没交杯呢?!"

"对啊,交个杯!交个杯!"其他的人开始起哄,"交完杯今天就洞房吧!"

小美求助地望向简宁,莫东岩一把抢下小美的酒杯,然后拿起酒瓶自顾自往里面倒起威士忌来。简宁冷笑了一声,也拿起自己的空酒杯,往里面倒满酒,然后用酒杯按住莫东岩的手,"莫总,她喝得不少了,我陪你喝吧!"

莫东岩用手肘架开简宁,舌头有些打结,"你、你算什么,今天、今天已经让你占了够、够久的便宜了,她、她也该陪陪老子了!"说着转向小美,"怎么?做过兰总夫人了,就、就看不起我、我们了?!兰、兰老板的女人很多,早把你忘了!"

简宁怒火中烧,一把将酒杯中的就洒在莫东岩的身上。莫东岩愣了一下,反身朝简宁扑来,把简宁压在沙发上。简宁挣扎着钻了出来,拽起莫东岩的手臂正准备反拗在他背上,却被身后冲过来的人一把拉到一边。老刘和另外一个人也冲了过来合力抱住莫东岩,"都是自己人,有话好好说!"

莫东岩拼命挣扎着,嘴里骂着不干不净的话。包房里面的女孩子们尖叫起来,都吓得躲到了一边。这时,陈美丽不知从哪里突然冒了出来,她疾步走到莫东岩旁边,在他耳边耳语了几句。莫东岩似乎清醒了一下,转头盯着陈美丽看了一眼,仿佛是在确定刚才陈美丽的话的真实性。陈美丽用眼神给了他一个肯定的回复。

莫东岩身体松软了下来,老刘顺势放开他,还帮他整理了一下衣服。"哎呀,老莫,你和小孩子急什么,他不懂事,我替他向你赔罪。"

"不用了,你们集团的人,个个背景很深啊!"莫东岩冷冷地说道,"今天的事情就这样过去吧,我也不会和兰总说的。"

"嗯嗯,过去了,过去了。来,各位,大家一起举杯,让我们预祝此次合作圆满顺利,668股价节节高升!"说着,老刘高举起自己的酒杯,示意在场所有的人也举杯祝福,把这起冲突平息。

简宁静静地坐在一边,一语不发,头也没抬。

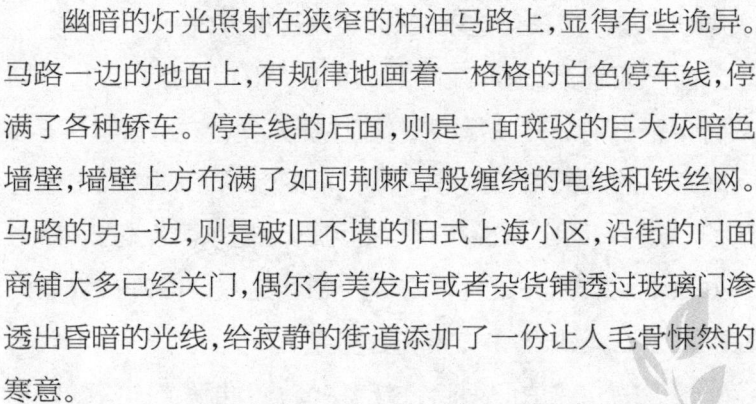

（九）老　胡

　　幽暗的灯光照射在狭窄的柏油马路上,显得有些诡异。马路一边的地面上,有规律地画着一格格的白色停车线,停满了各种轿车。停车线的后面,则是一面斑驳的巨大灰暗色墙壁,墙壁上方布满了如同荆棘草般缠绕的电线和铁丝网。马路的另一边,则是破旧不堪的旧式上海小区,沿街的门面商铺大多已经关门,偶尔有美发店或者杂货铺透过玻璃门渗透出昏暗的光线,给寂静的街道添加了一份让人毛骨悚然的寒意。

　　凛冬将至,东屏往上拉了拉衣领,缩紧脖子,把上身蜷缩在厚厚的绿色棉服里,快步走在上海提篮桥监狱后门的小路上。这座始建于清朝光绪年间的监狱,自启用以来先后经过了以英国人为主的上海公共租界工部局、日本人、汪伪政府、国民政府的管理,再到解放后划归上海市人民政府公安局领导,至今已有百余年的历史。虽然近些年上海也修建了不少现代化的监狱,但由于它太有名,以至于在上海人的眼里,只有"提篮桥"才是"吃官司",也就是被抓起来的代名词。

东屏望了望不远处北外滩灯火通明的高楼大厦,再看了看身边残败不堪的街道,心里有些感慨。不过几百米的距离,似乎就从天堂到了地狱。想想不过两公里的距离就可以到外滩,到浦东陆家嘴也就是一条隧道的路程,这里莫非是被人遗忘的角落?

走过一处转角,东屏看到一幢五层高的多层建筑,看上去像是商住两用房。大楼的门道上没有灯,看上去阴森森的。东屏掏出手机,把屏幕亮光对着大门上方的蓝色门牌,眯起眼仔细打量。应该是这里,怎么会在这种地方?

前一天晚上,东屏在网吧的男厕所的小便池上方,看到贴着一张小粘纸:"无抵押贷款,快捷方便,安全诚信。"下面有联系人的姓氏和手机号码。东屏心念一动,便按照电话号码拨了过去,约定今晚在对方处见面。但东屏没想到,对方的办公地址居然在这种地方。一想到这家公司开在提篮桥监狱的旁边,东屏不由觉得十分晦气。

楼道的光线依旧很暗,过道狭窄,还堆满了一些纸板箱和废弃的家具。东屏上了两楼,看到正对楼梯的房门上,挂着"诚至信担保公司"的牌子,便轻轻地走了过去,敲了敲房门。"谁啊?进来!"门内突然传来一个浑厚的男声,东屏吓了一跳,想了想后便转开门把手推门而入。

白色的炽光灯把房间照得很明亮,与外面仿佛两个世界。一个四十岁左右的中年壮汉,正坐在办公桌后看着东屏。壮汉长着一张国字脸,满脸的络腮胡子,一对剑眉下双目炯炯有神,眼睛中闪烁着凌厉的目光,像是一只随时准备出击的野兽。"你找哪位?!"壮汉问道。

"请问,胡总在吗?"东屏小心翼翼地问道。

"哦,我就是。什么事情?"

"我是昨天和你联系过的许东屏,不好意思,这里比较难找,花了点时间。"

"哦,"老胡的表情一下子放松下来,脸上堆起笑容,瞬间像是换了个人。"来来来,坐坐坐。"说着,他招呼东屏坐到办公桌对面的帆布沙发上,然后转身走到房间另一侧摆放的净水器下方,拿出一次性杯子,"喝茶吧?"

"嗯,都可以。"

"哎呀,喝茶就喝茶,都可以我就没方向了。"老胡说着往杯子里放了点铁观音茶叶,然后加起水来。

等两人坐定,老胡一边上下打量东屏,一边问道,"许总,我这个人比较直接,我们就长话短说。许总昨天说,有资金方面的需求?"

东屏还是第一次被人称老总,有些不习惯,不好意思地低了下头,然后把事先准备好的台词说了出来:"是啊,胡总,最近接了笔大单子,但要先垫付一部分款项,流动资金出现了点缺口。所以需要胡总帮下忙。"

"哦,是什么单子啊?"

"接了个小工程。现在做工程都是垫资的,我还有几笔工程款很快就能收回来,到时候就能还上。"东屏假装自信满满地说道。

壮汉摸了摸下巴上的胡子,想了想,"许总大概需要多少?"

"大概100万左右。"东屏感到自己的心脏都快跳到喉咙口了,他努力克制紧张的情绪,表现得轻描淡写。

"100万啊……"老胡面露难色,"许总你有什么可以担保或者抵押吗?"

东屏听了有些吃惊,问道:"胡总,你们这里不是无抵押贷款吗?"

老胡大笑起来,笑声震耳欲聋,东屏有些摸不着头脑。接着只听老胡说,"听口音,许总不是上海人吧?"

东屏心想这关上海人什么事情?他点点头,"我老家是江苏的,这很重要吗?"

"呵呵,许总你是第一次来找担保公司借钱吧?如果是上海人,能拿身份证原件核对的话,不要抵押可以借10万。"

东屏瞪大了眼睛,心想这不是搞地域歧视吗?他有些愤愤不平,"胡总,那你好像也不是上海的吧?"

"我?我当然不是。我是福建的,如果来借钱的也是福建我们当地人的话,不要抵押也最多借10万。"他看出东屏有些生气,继续说道,"当然是上海本地的,无抵押也最多10万。超过10万元,就必须给抵押担保。许总,你这100万要准备借多久啊?"

东屏想了想,吸了口气缓缓地说道,"快则两个月,多则三个月吧。胡总你这里利息大概多少啊?"

"那你是短期借款了,利息会高些,月息四分利。"

四分利,那就是每月4%的利息,年息近50%了,典型的高利贷啊,东屏暗自想道。"不过,你如果没有合适的担保,或者抵押物的话,利息给得再高,恐怕我这里还是爱莫能助了。许总,你有房子可以抵押吗?"

东屏摇了摇头,心想我要是买得起上海的房子,谁还会到你这里来借100万啊。"如果光有车子是不行的,一部车也就十几万,不够抵押的。"只听老胡自言自语道,"那有没有股票之类的?"

东屏继续摇头,默不作声。他的股票账户里的股票,只值个几万元钱,显然也是不够的。老胡冷冷地瞄了他一眼,停顿了半响,然后说,"如果你有具备实力的公司或者老板帮你做担保的话,我也可以考虑考虑。"

有实力的人?东屏心里暗自盘算,自己认识的最有实力的人就只有赵先了,但这件事情绝对不可以告诉赵先。而且凭自己和赵先的关系,他也绝对不会为自己担保。至于大户室里认识的几个人,也就是平时聊聊天打打牌的关系,甚至算不算是朋友都说不上。看样子是没戏了,东屏的心一下子沉到了海底。

"那今天就只能让你白跑一趟了。"老胡看了看门口,起身准备送客。东屏心里实在不甘,猛地站起身说道,"凭什么上海人就可以无抵押贷款?"

老胡被东屏的表情惊了一下,随即嘿嘿一笑,"上海人啊?我们只要知道他住哪里,家里父母小孩是谁,就不怕他不还。其他地方的人,万一跑了我们上哪里去找?再说,你身份证我也没看过,你是不是叫许东屏我都不敢确认。"

"身份证我带了,随时可以给你看。胡总,我绝对不会跑的,这个你放心。只要胡总肯借,四分利就四分利。"

"切,四分利不算高,"老胡有点不以为然,"钱紧张的时候我六分利都借出去过。来我这里的,都是银行啊、亲朋好友啊这里都借不到钱才来的,四分利都抢着要呢。对了,小伙子,你公司叫什么名字?有名片么?"

东屏想了想,身份证暂时还不用给他看,名片应该无所谓,便从包里掏出一张名片递给了老胡。东屏看到老胡很仔细地端详了一会儿,便说,"是叫许东屏吧?!没错吧?!"

老胡又皮笑肉不笑地把嘴歪了下,"这不代表什么。你们集团也做工程?"

东屏心里倒吸一口冷气,这才想起来自己前面说公司要垫付工程款才需要借钱,便只能硬撑着圆谎,"这个集团很大,什么都做。我是做酒店装修工程的,挂靠在这个集团下面。"

"哦,那你怎么不问你下面的材料商借点钱啊?或者让他们也垫资啊。反正嘛,做工程的,都是上家欠下家的钱,下家再欠下下家的钱。"老胡每个问题都让东屏很难回答。虽然这家担保公司办公的地方不怎么样,但是老胡给人的感觉,却是有很深的江湖道行。

东屏想了想,哀求道,"胡总,我真是急用,不行50万也行。"

老胡摇了摇头,"小伙子,不是我不帮你,这家担保公司我也是和别人合开的,不是我一个人说了算。江湖有江湖的规矩,我们这行也有这行的规矩。万一钱收不回来,那我可是要赔给其他人的。"

东屏咬了咬牙,"那30万,30万也行。"

老胡摆了摆手,依旧是拒绝的意思。但他看了看东屏略带痛苦的神色,用缓和的语气安慰道,"这样吧,小伙子,你找个上海人来担保,我不要抵押借给你10万。"

东屏长叹一口气,无奈地低下了头,10万对自己没有太大意义,而且还要支付每月四分的利息,实在是划不来。他起身朝老胡点了下头,"谢谢,不过不用了,我自己另外想办法吧。"

老胡看着东屏离去的身影,手上把玩着东屏的名片,似乎想到了什么。

这天晚上,东屏坐在床头,呆呆地看着大腿上架着的笔记本电脑屏幕,心情久久不能平复。他原先的计划是,利用这次创先集团坐庄668的机会,狠狠地赚上一笔。但是没有想到出师未捷身先死。他本来想从老胡这里借个100万做本钱,但老胡的拒绝,让这个气球还没有开始吹便爆炸了。同时,从老胡的话来看,其他的小额贷款公司或者担保公司,应该也是同样的要求。

自从上次郎英俊放消息告诉东屏668要拉升开始,东屏在668的股吧里便改变了观点,用"668分析员"发布了许多看涨的言论。自那以后,"668分析员"从一个人人喊打的过街老鼠，一下子变成了最受欢迎的多军领袖。并且，在668股票一路上涨之后，"668分析员"已经成了股吧里人人追捧的股市偶像。很多股民发站内短信给东屏索要联系方法。其中，偶尔还会有一两封充满诗情画意的女股民的爱的暗示。

网络上的热火朝天，与东屏房间的冷冷清清，让他心里产生了巨大的落差。在网上，他们叫自己"股神"，但现实里，自己却连借100万都搞不定，真是讽刺啊。"寻寻觅觅，冷冷清清，凄凄惨惨戚戚……"东屏想到了李清照的一首词，便顺手发布到了股吧里。

不一会儿，很多股民便在下面跟帖，"大神怎么了，谁招惹你了？""说出来我们大伙去轰他。"

还有一个人跟帖，"这么凄惨的词，大神这是暗示要变盘吗？难道668的上涨到头了？股神请明示啊，不然今晚我要睡不好觉了。"一旦变成了权威，随便说句话都会被别人当作真理捧着，东屏觉得实在好笑。

更让东屏想不到的，居然还有一个人是这样理解的，"'凄凄惨惨戚戚'，大家快找找看哪个股票代码里面是两个7连着的，明天坚决买入。"

"龙五"对东屏也是十分钦佩，看到东屏发了这段十分悲伤的词后，"龙五"跟了个安慰的帖子，"兄台早点休息吧，明天我们还要并肩奋战呢。有什么难过的事情，睡一觉就过去了。"

这句话也算说到东屏心里了。没什么大不了，我东屏是谁啊,不会被这点小事打败的,明天再想办法,东屏又鼓起劲道来,自我安慰地想着。当他正准备关电脑休息的时候,手机突然响了起来,一个粗犷响亮的男声传了过来:"喂,是许东屏吗?"

东屏又好气又好笑,"胡总,这么晚来电话有急事吗?"竟然是刚见过面没多久的担保公司的老胡打来的电话。

"好了,叫我老胡吧,你老叫我胡总我也不习惯。我想你应该没睡,所以还是想给你个机会。小伙子,你是不是真想借那个100万?"

东屏感到借钱的事情似乎出现了一线转机,"当然是真的想。"

"那好,你要和我说实话,借钱是做什么用?"

东屏语噎了,心里拿不准主意是不是要对老胡说实话。老胡在电话那头听出了东屏的犹豫,便直截了当地问道:"你们创先集团是不是做股票的?"

"你调查了?怎么查到的?"东屏心想才不到两个小时,老胡怎么就知道了?

"现在网络很发达,已经不像以前了。我自己查了下,然后又问了几个基金公司的朋友。我听说你们集团做的很不错啊。"

"还好吧。"东屏一时半会儿想不出怎么回答,随口应付道。

"我就想吧,一看你聪明灵活的样子,就不像做工程的那些土包子们。你那双手也不像是搬过砖头、握过榔头的,倒是像读书人的手。"

东屏有些吃惊,老胡这个人看上去像是个粗人,说话大大咧咧的,但却类似《三国志》里张飞粗中带细的性格,观察细微。"这和我借钱有什么关系?"

"哈哈,"老胡的笑声从手机中传了过来,震得东屏的耳膜有些刺痛,"当然有关系了。你小子,借钱是想做股票吧?"

"那又如何?"东屏淡淡地说道。

老胡的声音一下子变得一本正经起来。"我可以考虑借给你100万,也不要抵押,但是有个条件。"

"什么条件?"

"你必须告诉我,你们准备做哪个股票?"

东屏明白了,老胡是猜到了自己的计划,然后准备跟着庄家一起买入赚钱。东屏心里顿时涌上了两种复杂的情感斗争着。是泄露集团的机密告诉老胡,还是拒绝老胡的诱惑?东屏很矛盾。

"已经很晚了,你要马上决定,过了这个村就没那个店了。"老胡催促道。

最终,东屏决定向自己的欲望妥协,"好吧,我可以告诉你,不过要等到签完合同的时候。"

"行,那没有任何问题。不过,抵押物虽然不要,但是担保还是要的。你需要找一个人来担保,必须是上海本地人。钱我帮你留着,一旦找好担保人,随时来找我办手续。"

"嗯……这个应该没问题的。"

"那好,月息还是四分利,借款时间多久呢?两个月还是三个月？"

一想到借款100万每月就要支付4万的利息，东屏还是有些心痛，"两个月吧，不过能不能设定个条款，万一有需要，可以再延长一个月？"

"这是小问题，一切都好说。关于借钱条件，你还有什么要问的么？"老胡貌似很满意，准备挂电话了。

东屏想了想，一个字一个字地说道，"万一我要买的股票跌了怎么办？你如果要跟着买，责任自负哦。"

"呵呵，你不会让我输钱的，对吧？许东屏。"

老胡的言语里，带有一丝威胁的味道。

（十）
洗 盘

因为一直有人抽烟的缘故，民泰证券在旋转门边上，竖立起了一个不锈钢垃圾桶，桶盖上方布满了白色的碎石，用来熄灭烟蒂。老余站在垃圾桶旁边，看到包裹得严严实实的简宁从远处走了过来，便从香烟盒里拉出一根红双喜，递给了简宁，"今天又很晚啊，已经开盘半个多小时了。"

简宁点燃了烟，看了看手表，已经过了上午十点，"嗯，昨晚喝酒了，头痛欲裂，早上都差点起不来。什么'深水炸弹'，白酒和啤酒混在一起，胃实在受不了。"

"小伙子，不会喝酒可不行。南方还好一点，你要是去北方不喝酒谁和你做生意？工作找得怎么样了？"老余说完用力地吸了一口，然后自我感觉得意地吐了一口标准的烟圈。

"已经面试过两家了，在等消息。"简宁别过头，不想让老余看到自己的表情，顺便隔着玻璃往大厅里面张望了一下，"王阿婆今天来了么？"

"她呀，只要不生病天天报到，比别人上班还准时。不过你说奇怪吗,668她买了那么多天不涨,等到她一割肉,668就涨上去了。唉……"

"可能最近她运气不好吧。"简宁心里直摇头,如果王阿婆当时肯听自己的等一等,也许就不会卖出668了。

"她还老怪我,当初是我劝她抛的,这段时间我是和她说不上话了。简宁你有机会安慰安慰她。"

"老余,王阿婆这次输了多少啊?"简宁问道。

"不知道,估计至少几万块吧。"老余摊开手掌扳着手指头算了起来,"估计五六万有的,她有账户里有多少资金我大概也推算得出。"

"哦,还好,不多。"简宁随口说道。

"不多?!小伙子,你口气好大啊!王阿婆的棺材本都在里面了!"老余嗓门大了起来,"她一个退休工人能有多少钱?!"

简宁知道自己说错话了,赶忙道歉道,"老余,我不是这个意思。不过,难道她不另外再存点钱养老?"

老余叹了口气,露出了同情的表情,"她呀,最近几年一直走霉运。刚开始做股票的时候,她也像别人一样拿出一点小玩玩,但没想到运气非常好,正好赶上大行情,买什么涨什么,也赚了一点钱。后来,她投到股市里的钱越来越多,买的股票也越来越多,运气就没那么好了,亏四五个股票才赚一个,不但把之前赚的钱又送了回去,还亏了不少。

而且屋漏偏逢连夜雨,人一倒霉起来厄运挡都挡不住。你千万别和王阿婆说是我告诉你的,去年秋天,她老伴出门买个菜，踩在一块石头上绊了一跤，结果突发脑溢血过世了。没过几个月，她唯一的儿子又遭遇了车祸，右腿截肢了，现在家休养，领着残疾人保障金过日子，家里又少了个主要收入来源。"

"车祸的话，保险公司应该会赔钱的吧？"简宁想了想。

"听说她儿子是要承担车祸的主要责任，所以保险公司并没有赔多少钱。王家阿婆后来把交通事故赔偿金也投到了股市里，买的就是668，估计她是指望能够赚一把再取出来补贴她儿子，没想到668之前跌得那么凶。"

简宁想起之前老刘曾对他说过，压力越大，股票越难做。做股票一定要调整好心态，才可以看得清形势，做出尽可能正确的判断。王阿婆压力这么大，在668的低位割肉也不奇怪了。

"而且，今天她又冲进去了。"老余继续说道。简宁一愣，"冲进去？她又买了668？"

"是啊，她不甘心啊。看这几天668涨得这么好，她又觉得别人给她孙女的消息是对的，所以今天又买了668，而且还是全仓买入的。我本来想劝她等一等，但一想到上次她抛掉668的责任都怪在我身上，就什么都没敢说。这个668真的蛮难判断的，我之前也想买一点，但是凭我的技术完全看不懂这次是一个反弹行情，还是反转行情，想想还是算了。不该我挣的钱我不挣。"

"那王阿婆算是追高买入咯？"简宁虽然嘴上这样说，但想到赵先曾经说过，银通集团会把668的股价拉升到30元以上,而现在668的股价大约只有14元上下,所以王阿婆现在买入668,应该至少有一倍以上的利润空间。

老余把烟蒂往白色的石子上用力地按了按,直到看到红色发亮的烟丝完全变黑,然后跺了跺脚,"唉,追涨杀跌,兵家大忌啊!"

两人走进散户大厅。似乎股市的好转给散户大厅带回了不少人气,大厅里的股民人数比前两天多了不少。王阿婆抢占着一台股票交易机,紧张地看着小屏幕,完全没有注意到简宁和老余已经来到了她的身边。668的股价已经涨到了14.50元,这个正是王阿婆第一次买入668时的价格。如果王阿婆原来买的股票不抛掉,忍到现在的话也就解套不亏了。

"王阿婆,你还在看668这只股票啊?"简宁明知故问道。

王阿婆抬起头,面露喜色,"小陆你来了啊。阿婆这次又买了668,哪里跌倒的就哪里爬起来,668一定还会涨的。你看,阿婆已经赚了五毛了。"

"嗯,是金子总会发光的,我相信阿婆的眼光。我买的668到现在一直没动过,也赚钱了。等抛掉以后,一定要请王阿婆好好搓一顿,吃好吃的。"

王阿婆眉开眼笑,整个人看上去比前些日子精神许多了,"还是小陆你乖巧,"说着狠狠地瞪了老余一眼,"老余你的795今天可没怎么涨。"

老余不敢说话,王阿婆继续说,"小陆啊,你有女朋友吗?我看你和我孙女年纪差不多,什么时候认识一下。我孙女可乖了，又聪明又懂事，人也长得漂亮……"

"对对，王家阿婆的孙女我见过两次，是个大美女，和王阿婆很像。"老余逮到一个拍马屁的机会，赶紧夸了两句。

"那是，我年轻的时候，追我的人可多了，要从外滩的一头排队到另一头。"

简宁连忙点头，"那肯定的，像王阿婆的话，一定很漂亮。王阿婆，你这次668准备什么时候抛啊？抛的时候一定要告诉我啊。"

"小陆，阿婆不贪心，668已经涨了不少了，再涨20%我就抛掉。"

简宁踌躇了一会儿，慢慢地说道，"阿婆，你看668能不能中线或者长线持有啊？我觉得这家公司质地比较好，也许可以涨一段时间的。"简宁心里有底，但又不能说得太明确，只能变相地暗示王阿婆。

王阿婆摇了摇头，"小陆你不知道，我是亏怕了。以前很多股票，都是赚了一点心太贪没有跑，结果被深深套住。这次我要求不高，其实来个涨停板赚个10%我也愿意抛。"

"王阿婆是做短线的，小陆你就不懂了，每天赚个5%一年下来也很可观了，"老余在一旁解释道，"我们以前有个朋友，就是靠每天买入卖出，赚个2%、3%，现在也混到楼上的大户室去了。"

但那要很高的技术能力和很好的运气吧，简宁心里默默说道，大部分普通股民是做不到的呀。这时，散户大厅正中的时钟指向了11:29分，还有一分钟上午就休市了。

股票交易机上的走势图突然划出了一道竖线,像是从头劈下的利剑的光芒,一笔2000手的卖单瞬间把668的价格砸到了14元附近。三人同时一怔,还没有反应过来,又一笔3000手的卖单呼啸而至,像是第二道深深的刀痕砍在668的身上,吞噬了13.30元价格以上的所有买单。

这是明显的庄家洗盘的手法,简宁的心一下子悬了起来。几分钟前,王阿婆还每股赚了五毛钱,但是就这么两下,变成每股亏了七毛钱。简宁转过头看了眼大屏幕,整个大盘还是向上的态势。银通集团的操盘手想干吗?为什么不利用大盘在涨的时机,往上多拉升一下668的股价。大盘涨的时候拉升股价总要比大盘跌的时候轻松吧?简宁有些想不通了。

王阿婆呆若木鸡地站在那里,有些手足无措了。老余想说些什么,但是话到嘴边又生生地咽了回去。只听"当"的一声,中午休市了。

午休的时候,王阿婆没有心思吃饭,把自己带来的盒饭给了简宁。菜很简单,一个炒青菜一个炒蛋,而且没怎么放油,味道也很淡。简宁有些心不在焉,很想偷偷给老刘或者郎英俊打个电话问问情况,但又觉得不是很妥当。犹豫之间,只听见王阿婆嘴里碎碎念道,"阿弥陀佛,菩萨保佑,下午可千万别再跌了。"

"阿婆,您心肠好,菩萨会听到的。"简宁握住王阿婆的手,轻轻地拍了一下。王阿婆手背上布满了纵横交错皱巴巴的纹路,皮肤非常干燥,像是经常在水里浸泡的后遗症。简宁再看看自己的手,细皮嫩肉的,心里有些惭愧。

也许是菩萨听到了王阿婆的乞求,下午开市以后,668没有再下跌。但是,每次多军反攻668的股价到13.50元左右,都会被空军无情地碾压下来。总有几千手的卖单挂在13.51元的位置,仿佛一座大山压在668的头顶,不让668向上突破。临近下午3点左右,多军积蓄力量,吹响了最后一次进攻的号角,眼看把13.51元的卖单消灭到只剩下50手的时候,空军又在13.52元的位置挂出2000手卖单进行阻击,多军立即气馁全线撤退,最终668的股价收盘在了13.42元的价格上。

整个下午,王阿婆都在全神贯注地看着战况,完全不理会简宁和老余。老余自觉没趣,便把简宁拖到一边,"有什么好看的,今天又做不了什么,还不如回家睡觉。"

中国的股市,采取的是"T+1"的股票交易制度,当天买进的股票,只有到下一个交易日才能卖出。而国外有些国家,采取的是"T+0"制度,当天买进的股票当天就可以卖。王阿婆是当天早上买进的668,所以无论全天668走势如何,王阿婆都只能看不能动。

"回家的话,还是会看的,手上的股票被套着,肯定不好受。"

"人倒霉起来,喝水也塞牙。我看这个668的股票,和王家阿婆犯冲。小陆你看,她买了就跌,卖了就涨,这不是犯冲是什么?我看她应该找个大师算算。"老余神兜兜地说道,"人啊,就是应该相信自己的命。每个股票都有股票代码,代码是什么？就是让大师来算算和你的八字合不合的。"

"那老余你和哪个数字比较合啊？你买795的时候算过吗？"

老余没想到简宁会这么问，侧过头想了想，"虽然没算过，但是大师说'5'这个数字比较旺我。所以有'5'这个数字的股票，我可以买。"

"那你以后买股票都选在星期五吧。还有啊，别抽红双喜了，抽三五牌香烟吧，'555'，肯定旺你。"简宁调侃道。

老余一拍大腿，仿佛一语惊醒梦中人，"小陆，我咋没想到呢！明天我就换烟抽，要是股票赚了钱，你就是我的贵人。"

简宁遇到东屏的时候，东屏正站在中山公园地铁入口内侧通道里，看着《中国证券报》。看到简宁过来，他便收起报纸，转身和简宁并肩沿着台阶向下走去。"这期彩票中了没？"简宁问道。

"没呢，一个数字都不对。唉，能中500万大奖的都是什么人啊！"

"上辈子修了好福分的人呗。不过我看新闻，中了大奖的人，后来变得一贫如洗的也很多。你和你的女神怎么样了？她没给你带来好运么？"

一想到雨熙，东屏情不自禁地笑了起来。两人已经约会过三次，感情也升温得很快，之前一直是东屏给雨熙打电话问候，现在如果东屏晚上没有主动给雨熙打电话，雨熙也会发短消息过来问候一下东屏。

"我们挺好的。"

"哦……"简宁狡黠地笑了笑,发了个向上拖长的长音,"你们确定关系了没有?"

"没有,哪那么快啊!"不过也应该快了吧,雨熙是个好女孩,两人的关系按部就班地向前发展,应该很快就会答应做我的女朋友吧,东屏想道。

"哦,那我以后多一个嫂子了吧?"简宁舔了下自己的嘴唇,"啥时候让我见见?"

"肯定会让你看到的。过几天我们还要出去旅游。"东屏看到简宁脸上闪过一丝羡慕的神色,很是得意。

两人站在站台上等候列车的时候,简宁开始向东屏讨教,"兄弟,今天盘面看了没?"

"当然咯。你是说 668 吗?今天银通集团砸得很凶啊!"

"是啊,我就不懂,银通集团手上的筹码应该收集得差不多了吧,为什么还要洗盘呢?大盘往上的时候借势向上拉升,不是省力许多么?"简宁将心里的疑惑说了出来。

"老刘以前和我说过,洗盘不光是要低价收集股票,还要把那些意志不坚的散户洗出去。这些想投机的股民,都是短线客,希望让庄家来抬轿子,等股票拉升以后迅速卖出股票,捞一票就跑。这样的散户一个两个没问题,但是如果都是这样的散户,我们坐庄会很累。就像美国人打仗,拥有高科技装备优势的部队,最喜欢的是在一往无前的平原上进行大规模的决战,而不是在城市里打巷战。若是打巷战的话,不知道哪个窗口就躲着一个狙击手,瞄着你的脑袋,这样的推进速度会很慢。"

简宁反复咀嚼着东屏的这段话,仔细想了想,"你的意思是,要把这些可能成为狙击668股价的短线客尽可能地清理出去?"

"对,你去看很多股票在大涨之前,会反复洗盘多次。这些短线客缺乏的就是耐心,手上的股票拿不住。看到别人的股票在涨,自己的股票又在跌,很快会抛出来。而剩下的散户,则会是能和我们共进退的中长线投资者,他们不会在乎一块、两块的价差,这样银通拉升668的股价会相对轻松一点。

668股票的强磅压力线在14.50元附近,银通集团应该已经测试过几次了。所以在这个价位以下会反复洗,并且做低成本价位。我估计今天银通集团卖出去多少股票,在12元以下的价位还会买回来……"

简宁有些吃惊,"你的意思是说,668还要跌到12元以下?"

"哦,你不知道吗?下午的时候,已经有人往外散布消息了,说668公司养殖海产品的区域,可能会遭遇到几十年未遇的寒流,导致前两年播撒的部分品种的海产品绝收。今天晚上各主要财经媒体都可能会报道这则消息。"

"真的啊,那明天估计要大跌!"

"大跌?668明天铁定跌停板,打不开的。如果668公司不及时澄清,还会不会有第二个跌停板真的很难说。

做短线的人,今天一整个下午的逃命机会不跑,明天就跑不掉了。"

菩萨如王阿婆所愿,保佑了668一个下午没有进一步下跌。但明天,明天如果王阿婆再乞求菩萨还会有用吗?简宁心情沉重。

（十一）
西　塘

生命中总有些片段周而复始地重复着。

第二天668公司的股价果然如东屏所料直接跌到了跌停板的位置，连逃命的机会都不留给像王阿婆这样的散户。随即，668公司出具了一则完全官方语气的公告："本公司近期股价异常波动，本公司无需要披露且未披露的事项。"这则公告并没有对市场上的流言做出明确的解释，反而让许多自以为是的股民认为668公司在故意掩盖真相，掩护庄家撤退。流言越传越离谱，甚至有传闻668公司的董事长因为无法偿还欠银行的巨额债务，已经"失联"，并有可能已逃跑至境外。668的股价无抵抗地进一步下跌。

有些投资者不满自己所遭受到的损失，纷纷到668公司投资者关系互动平台上质问668公司的董秘。"请告诉我们，668公司有没有遭受到几十年不遇的寒流，是否部分海产品已经绝收？"

董秘:"本公司目前无需要披露且未披露的事项。"

"那请问今年668公司的业绩是增长还是下降？如果下降会下降多少？"

董秘:"本公司目前无需要披露且未披露的事项。"

"市场上的传言到底是真是假？"

董秘:"本公司目前无需要披露且未披露的事项。"

"你怎么翻来覆去就这么一句回答。你让你们董事长出来说话，董事长是不是已经逃跑了？"

董秘:"本公司目前无需要披露且未披露的事项。"

……

生命中总有些片段周而复始地重复着。

简宁还是按照赵先的要求，不定期地去黄小姐的家里送信封。他有时候也会想，赵先和黄小姐之间到底是什么关系？是风月场所认识的朋友，亦或是不为人知的秘密情人，还是交换情报的间谍同伙？简宁还曾经假设，如果赵先和黄小姐真是谍报人员，万一被捕获，自己该如何去解释为他们递送情报。反正到时候，打死也说不知道信封里装的是什么，因为真的被打死了，也不知道。

每个交易日的上午，简宁依旧到民泰证券的散户大厅报到。当668的股价再次逼近10元，王阿婆眼眶里含着悲伤的眼泪、无奈地再次点击了"全部卖出"的方框时，简宁已毫无难过的感觉了。也许老余说得很对，这就是命。668只会让王阿婆输钱。就算是将来668股价拉升的时候，王阿婆还是会输钱，无非是输多输少而已。一切都是她的命。

……

生命中总有些片段周而复始地重复着。

东屏还是每天晚上上网，到668的股吧里与那些每天为668的股价牵肠挂肚的股友们进行看不见面孔的交流。自从东屏随手写了那句李清照凄惨的诗词，被人误以为是暗示668的股价要跌之后，东屏在668股吧里的地位被众人抬升到无以复加的高度。只要是东屏新发的帖子，必然跟帖超过20页，还有不少其他上市公司股吧里的股友们闻风而来，向东屏讨教其他股票的未来走势情况。

虽然被很多人称为"股神"，但东屏更喜欢被人称为"老师"。桃李满天下被人尊敬的感觉，要比寂寞地坐在高高在上的位子让东屏更加有成就感。为了能够成为更多人的"老师"，东屏买了许多股票书籍，深入地研究学习各种股票投资理论和技术原理。这样在回答股友们的提问时，东屏时不时地蹦出几个大部分人看不懂的技术指标称谓，什么"W%R指标"啊，什么"BBI指数"啊，唬得那些股友们一愣一愣的。而且东屏发现，在回答股价走势判断的时候，发表的言论越玄幻，就会赢得越多的崇拜者。会有很多股友按照自己的意愿，去解释那些连东屏自己都难以理解的话，最终总会有一种解释和其后股票的真实走势完全吻合。解释"正确"的股友会为自己"参透"了东屏的玄义而洋洋得意,而东屏"股神"的传说又再一次得到了佐证。

～～～～～～～

"谁念西风独自凉,萧萧黄叶闭疏窗,沉思往事立残阳。"东屏靠在凉亭的木栏上,情不自禁地念出一首词来。

"你什么时候变得这么文艺了?"雨熙站在东屏的身旁笑了起来。

"雕栏玉砌应犹在,只是朱颜改。知道是谁的词么?"

雨熙想了想,"听上去很耳熟,你就直说吧。"

"南唐李煜的。后面一句很有名,问君能有几多愁,恰似一江春水向东流。他和纳兰容若是我最喜欢的两个词人。如果等我老了,能住在这样的地方吟诗作画,人生就圆满了。"东屏看着西园内别具一格的花格游廊、楼台水榭、曲桥流水,有些感慨。

"如果在古代,那你身边一定会有个会弹琴跳舞的美女作伴。"

"舞随柳絮诗吟雪,弹到梅花月满琴。很多人的梦想啊!"

这个双休日,东屏和雨熙相约来到了距离上海一个小时车程的西塘古镇游玩。古镇历史悠久,是古代吴越文化的发祥地之一。后来,凭借临近鱼米之乡和丝绸之府的优势,人们沿河建屋、依水而居,逐渐形成了集镇,商业也开始繁华起来,等到明清的时候便成为了一个商业重镇。古镇开发旅游景区以后,保留了江南水乡古色古香的风貌。随处可见的白墙石瓦、石拱小桥、乌蓬轻舟、灯笼长廊,让人感觉是置身于一幅水墨画之中。

出了西园，两人又走到了"烟雨长廊"。烟雨长廊因造型古朴、绵延数百米的廊棚而闻名。这些廊棚都是临河的人家自建的，廊棚的下面用木柱支撑，上面盖了一层鱼鳞黑瓦。但由于这些廊棚的高度统一，看上去非常整齐，就像一个事先经过规划带有顶棚的街道。

"可惜今天没有下小雨。"东屏突然说道。

雨熙有些奇怪，东屏解释道，"我来之前看了下景点介绍。如果下一点小雨，这里会有一种朦胧的意境，就像起了雾一般。"

"是啊。冬天我坐公交车的时候，有时候外面下起雨，车窗上会起雾气。看车窗外的景色，也会有一种朦胧美。"

东屏点点头，"但是公交车里会很闷，不像这里空气清新。"

雨熙扑哧一笑，"你知道吗，如果能够和自己的白马王子，手牵手在绵绵细雨中散散步，那该有多浪漫啊！"

说话间，雨熙感觉到有一只温暖的大手握住了自己的手掌。雨熙脸一红，五指微张，任由东屏的手指轻轻地反扣在自己的指间。两人没有说话，在长廊下的青石路上闲庭信步起来。

虽然已是冬日，西塘古镇的游客还是很多，不断有人说着话从两人身边经过。长廊一侧的民宅都改建成了小商铺，卖着各式各样的旅游纪念品，不时有喧哗的声音传出来。但东屏和雨熙完全不为所动，沉浸在两人甜蜜的世界里。

烟雨长廊的尽头有一家酒楼,临河而建。东屏和雨熙选了一个靠窗的位子,推开木雕镂空的玻璃窗,便能看到江南水道的碧波荡漾。服务员端过来一个铁制的架子,上面挂满了小木片,像是一棵"铁树"。东屏仔细一看,原来铁树的木片上写的都是菜名,原来是一个别致的菜单。

东屏点了荷香鸡、粉蒸肉、臭豆腐、馄饨老鸭煲几个西塘名菜,雨熙则坐在对面端着照相机拍着河道里来来往往的乌蓬船。对岸种了几棵杨柳树,一些枯枝随着微微的寒风垂荡在水面上,无声地诉说着曾经的沧桑。

东屏有些出神,雨熙收起手中的相机,用脚尖轻轻地踢了一下东屏的小腿:"想什么呢?"

"你看这古镇,有过多少代人、发生过多少个故事,最后都在时间的流逝中被遗忘。而最终能够让人记住的,只是这个古镇本身而已。"

"想那么多干吗呀!人家不是说要活在当下吗?"

"呵呵,人生苦短、及时行乐,说起来容易,做起来难。人无远虑、必有近忧。我们还年轻,还是要为将来多打算打算。"东屏面色有些沉重。

"你是不是有什么心事?"雨熙问道。

东屏不说话,转头向窗外望去。创先集团之前开会的时候,赵先和李振亚都反复强调不允许开"老鼠仓",利用集团坐庄668的机会牟取私利。因此,如果自己用亲戚的股票账户操作,也许会被集团发现,而且一旦被发现也比较难解释。但是雨熙和自己的关系,除了自己偶尔和简宁提到过一两次以外,其他人是完全不知道的。因此如果用雨熙的股票账户操作668,集团能够发现的概率几乎为零。

"有什么事情你就说吧,我们一起想办法。"雨熙以为东屏遇到了什么大事情,很着急地问道。

东屏又沉默了片刻,像是下定了决心,说道:"集团给了我一个任务,我还没有完成。"

"什么任务,把你急成这样?"

"集团最近因为业务的原因,需要借用一些个人股票账户。任务分派下来,我们每个人都要借到五个股票账户给公司用,但是前提一定要保险可靠。我朋友不是特别多,本来就有难度,而且还要可靠一些的就更难了。我们公司那些上海本地的员工,亲朋好友多的,很快就完成了任务。"

虽然这段话漏洞百出,但雨熙是个门外汉,完全没有听出来。她很紧张地问道:"那如果没有完成任务要不要紧?"

"本来是不太要紧,但是马上要到年度考核的时候了,我估计会影响考核结果。"

"那你们集团借账户干什么用呢?"

"我也不太清楚,可能集团会汇入一些资金进行短线操作,不过集团打包票说没有任何风险。而且时间不会很长,几个月就可以。"东屏又看了一眼雨熙,"我现在还差两个。"

"那我的股票账户借你集团用吧。"雨熙不假思索地说道,"反正我家里人帮我开了以后我也一直没用过。放着也是放着。"

"嗯,那最好,你是我最放心的人,"东屏马上接口道,"而且集团要我们找可靠的人,是要我们承担连带责任的。"

"没事的,借给你和借给你集团对我来说都是一样的,我相信你。"雨熙眼神纯真地看着东屏。东屏有些内疚,也有些后悔。之所以找集团借用股票账户这样一个漏洞百出的理由,无非是不想让雨熙知道其实是自己想做"老鼠仓"。早知道雨熙这么没有心机,直接说是自己要借用股票账户就可以了,她应该不会想那么多。

"我回去后再问问看家里人,他们也有股票账户。如果最近没操作,我就和他们商量一下,把钱取出来把账户借给你们用。"雨熙继续说道。

"哦,谢谢你,但那就没必要了,最近可能会有好行情的,错过了就可惜了。最后一个我自己想办法吧。"东屏不自觉地低下了头,掩饰下尴尬的神色。"对了,密码到时候集团会改一下。不过这个你也放心。你如果想知道,直接用身份证到开户的证券公司也可以查到。"

这时候,服务员把饭菜端了上来。雨熙举起筷子,夹了块粉蒸肉送到东屏的嘴边,"别想工作了,来,尝尝看。"

东屏慢慢咀嚼,粉蒸肉口感软糯,肥而不腻。但是他心中还是有块石头没有落地:老胡要求的担保人找谁呢?总不见得还是找雨熙吧?

入夜,烟雨长廊上千盏红灯笼被点亮,一眼望不到尽头。东屏和雨熙找了一家临河客栈入住。客栈是由古宅改建,一切陈设皆为老古董。卧室摆放着一张五尺雕花大床,墙角还放置着一个百宝箱。卧室的外面有一个临河的大阳台,视野宽广,可以欣赏河道全貌。

东屏和雨熙靠在阳台的围栏边,看着河道中的小船一艘接着一艘慢慢驶过。虽然已经入夜,但是还是有一些游客坐在乌篷船中,品上一名香茶,倾听流水的浅吟、摇橹的低唱。河道内,漂浮着各种颜色的莲花灯,火焰随着波纹摇摆。数十盏孔明灯在岸边冉冉升起,向无尽的黑暗深处飘去,宛若即将消失的星辰。

东屏和雨熙拿出在小商贩处买的手持电光花,点了起来。电光花火星四溅,东屏和雨熙高举双手,在空中划出一道又一道明亮的曲线。乌篷船上的游客纷纷站了起来,拿出手中的照相机,闪光灯"咔嚓咔嚓"闪成一片。

你就是我生命中点亮光线的那个人,东屏想道。

"我爱你,雨熙。"

(十二) 进 攻

东屏坐在郎英俊身边，环顾了下四周，大家都已经坐定，等着赵先发话。李振亚紧绷着脸，全神贯注地看着手提电脑，旁若无人。老刘转着手中的水笔，目光凝结在鼻尖前某处，仿佛在思考什么事情。简宁揉了揉惺忪的眼睛，一脸倦意，似乎昨夜没有休息好。银通集团的莫东岩也坐在老刘和简宁中间，正四处打量着众人的表情。两人的目光不期而遇，对视了一眼，又瞬间各自移开。

东屏曾经和简宁聊起过莫东岩，发现两人都不怎么喜欢他。东屏觉得莫东岩太俗气，一提到钱便两眼发光；而简宁则觉得他太色，经常流连忘返于声色犬马的场所。"不过你别说，这个人研究股票很有一套，技术能力不亚于一流的证券分析员。"东屏补充评价道。"也是，他没结婚，老是出去玩也不能说他什么。"毕竟是合作伙伴派过来的人，简宁为莫东岩的好色找了个借口。

"昨晚临时通知大家，把今天下午的例会改到早上，是有重要的事情要商量。大家先把有录音功能的手机关闭掉,今天的会议内容也不做任何文字记录。振亚,你把电脑也关掉吧。"赵先开口发话道。

等众人纷纷把手机关闭掉以后,赵先继续说道:"今天,银通集团的莫东岩也参加我们的内部会议,先让他来给大家宣布一个重要的消息吧。"说着,赵先向莫东岩点头示意。莫东岩清了清嗓子,往前直起身子,又用眼神扫了一遍众人的表情,缓缓地说道:"各位,我们银通集团和创先集团协商决定,从今天开始正式拉升668的股价。"

说完这句话,莫东岩停顿了十几秒,仿佛是让大家消化一下这句话的含义,然后说道,"昨天,668公司的大股东把自己手上的全部股份质押给了工商银行,给668公司做贷款,质押期是一年,贷款名义是补充流动资金。今天上午668会停牌半天,公布这一消息。"

老刘和郎英俊纷纷点头。简宁则有些不解,大股东质押股份和拉升股价有什么关系?他望了下东屏,东屏也摇了摇头,表示不太明白。莫东岩注意到了他们的举动,于是解释道:"668公司已经过了禁售期,股票是全流通的,意味着大股东的股票也可以随时抛售出来。虽然大股东和我们已经达成了内部协议,但毕竟是不可以公开的,而且法律上也是无效的。我们拉升668的股价,最怕的就是668公司的大股东反水,等我们把股价拉高了以后,他趁机在高位把股票都抛给我们,这样我们就等于被大股东给出卖了。

所以,根据我们内部约定,大股东要把股份质押给银行。

其实668公司不缺这个钱,但是我们一定要大股东做这个事情,这样至少在一年的质押期内,大股东没法抛售他手上的股票。"

"不好意思,我有个问题。"简宁举手问道。

"你说吧。"赵先同意了。

"那大股东这样帮助我们拉升股价,他自己有什么好处呢?"简宁心想,天下没有白吃的午餐。

莫东岩笑了,"当然不会白做。一方面,668公司有一些小的发起人股东手上的股份,实际上是帮大股东代持的。代持股份虽然是不允许的,但是在目前的证券市场还是普遍存在的。这些小的发起人股东的股份可没有被质押,到时候还是可以抛售,大股东还是会获利的。另外,我们拉升了668的股价,大股东手上的股票价值会提升很多,他的身价就不一样了,等一年质押期满以后他也可以慢慢抛嘛。而且对于他再融资也是有巨大的帮助的。"

"今天,668公司还会有一个公告,对于前些日子市场上流传的,关于养殖区域遭遇几十年未遇的寒流事件,做一个彻底的澄清,并提供准确数据证明这只是个谣言。"赵先补充说道。

"嗯,这个会是大利好消息。今天下午668的股票开出来,我们会直接动用巨额资金封涨停板。"莫东岩得意洋洋。简宁则心情苦涩,王阿婆的668就这么抛掉了,而且估计以她的性格,经历了两次割肉的经历,再也不会买进668了。

"那样的话,不用几天668的股价应该会迅速突破前期压力线位置的14.50元。但是距离30元的第一目标位还有一倍的差距,恐怕没那么容易吧?"老刘突然说道。作为创先集团的操盘手,他还是最关心自己在哪个位置进行交接棒。

郎英俊也用手指抬了抬自己的镜框,"这些日子我在银通集团仔细核对了每日的对账明细,通过反复的高抛低吸和洗盘,银通持股668的成本应该在8元以下了。我觉得从保守点的角度来考虑,也可以考虑在更低的价位进行交接。"郎英俊做事一直非常谨慎,简宁听出来他和老刘是同一个意思,就是不希望在很高的价位接力668股票的第二棒,这样操盘的资金压力会小许多。"而且,最近中国的经济形势很糟糕,我们坐庄的外部环境压力会很大。"

莫东岩转过头,看了下赵先,似乎在征求他的意见。赵先闭上眼睛,沉思了一下,然后睁开眼说,"各位,我和兰总商量了一下,觉得现在是最好的拉升668股价的时机。

今年第四季度的经济形势确实很糟糕,根据我们得到的消息,第四季度的GDP数据会低得吓人。但是,最险峻的时候,也是最有机会的时候。巴菲特不是说过么,'别人恐惧的时候我贪婪,别人贪婪的时候我恐惧',现在正是全民最恐惧的时候,就看我们是不是敢于贪婪了。

我的朋友前两天告诉我,中央的明年全年经济工作会议已经召开了,会议上讨论了采取一个大规模的货币刺激政策的可能性,力度会是非常大的。特别是现在全球经济形势也异常严峻,这种刺激政策是非常有必要的,也是可行的。

一旦这个货币刺激政策出台,股市一定会有反应。中国的股市估值已经是在阶段性底部,已经有很多股票的股价已经低于每股净资产,也就是俗称的'破净',完全具备反转的条件。

而且,伴随着这个刺激政策的出台,我们估计明年可能至少会有两次降息或者降准,对股市也会是重大利好。明年上半年的行情会很好,我们现在开始拉升668的股价,已经具备了天时、地利和人和的条件。"

"对的,而且668公司也会逐步公布一些公司基本面的利好消息。"莫东岩接过话,"我可以事先向各位透露的是,668今年的业绩会很好,同比增长150%以上。"

"哦,比预计的还多!"东屏有些惊讶。

"嗯,668公司前三个季度很多销售额,暂时没有开发票,合同上的日期处也是空白的,没有做收入确认,这些都会在第四季度做进财务报表。另外,最后一个月668公司进行了压货,让全部的经销商和代理商提前支付了明年部分的货款,我估计150%的增长率还是保守的估计。"

老刘笑了起来,"后面还有高送转吧? 668公司怎么计划的? 是十送十还是十送十五?"

莫东岩会心一笑,没有说话。"应该会有吧,668公司宣布高送转的时候,我们正好借机拉升股价。等股票除权以后,让那个公募基金来完成填权行情吧。"郎英俊在银通集团待了这段时间,也许这就是他了解到的计划。

老刘也认可郎英俊这一说法,"对,肯定要除权的,我们没必要做高价股,惹人注目。30元的股票,拉升到60元以后,再十送十除权到30元。然后填权再拉升到60元后出货,大家任务完成一起分赃。"

众人一起笑了起来,唯独赵先和李振亚面无表情。赵先等会议室恢复了安静,转头向莫东岩问道:"老莫,银通集团的保证金账号什么时候开?"

老莫被问得一愣。老刘立刻接口道,"对啊,你们需要大股东做保证,我们接第二棒的也需要你们第一棒的给我们保证啊。上次说好的,大家开一个资金共同监管账号,银通集团往里面打2000万元保证金,这个事情要快点办。"

东屏明白了,虽然整个操盘计划看似完美,但互相之间的信任是基础。创先集团毕竟和银通集团没有合作过,赵先和老刘他们也会担心自己接第二棒的时候,银通集团会把筹码全部抛给自己。毕竟银通集团的持股成本非常低,什么时候抛售都会有可能。"夫妻本是同林鸟,大难临头各自飞",万一发生什么意外的事情,就算是夫妻也未必一定牢靠,更何况是生意上的伙伴。

"这个赵总您放心,我们一定会办的。兰总在国外,他前两天还关照过我,一回上海就一定办。请您一定放心。"莫东岩赶忙解释道,生怕引起赵先的误会。

"那为什么不可以也把你们的股票做个短期质押呢?锁定后不就不能抛售了么?"东屏觉得自己的主意不错,随口说了出来。

"这个恐怕做不到。"莫东岩有些为难。

"嗯，确实做不到，"郎英俊解释道，"东屏你不知道，银通集团的668的股票并不在银通集团的公司账户中，而是分散在上百个银通集团控制的个人账户中。这些个人账户所用的身份证，都是很多年以前从一些边远地区的农村问农民们50元一张买来的。这些农民都不知道买身份证的用途，更不可能到银行去签署股份质押合同。"

"那先就这样吧，等你们兰总回来后我们再沟通一下。"赵先抬起手看了看手表，"各位，经过了前期的多次试探性进攻，668的第一波总攻就要开始了。这次总攻，银通集团是主力部队，我们集团负责策应，一定要相互配合好，有什么情况要第一时间进行沟通。老莫在我们这里已经待了一段时间了，相信大家彼此之间已经很熟悉了，在总攻期间老刘你这里有什么问题直接可以和老莫交流。Michael你在银通集团那里也要做好对应工作。还有从明天开始，东屏你龙海证券的大户室就不用去了，回公司来帮忙，跟着老刘做事。

最后，关于公司纪律我还是再次重申一下。这段期间，绝对不允许公司任何人买卖668的股票。我也不希望出现有人玩弄小花招，通过亲属、朋友的账号买卖668的情况出现。大家都是成年人了，成年人要为自己所做的事情负责，不要做让自己会后悔一辈子的事情。"

"老鼠仓"是行业内最忌讳的，一旦发现任何公司都不能容忍，而且名声会在圈子内彻底坏掉。莫东岩一边想着，一边看着赵先，虽然他不是创先集团的人，但是也深深感到了压力。赵先面无表情的时候,有种天生的不怒自威的压迫感。他又看了一圈其他人,大多低着头,或者垂着眼睛,并不看赵先。

会议室中安静了片刻。莫东岩看大家都不说话,便开口转移了话题:"赵总,我和老刘这段时间配合得很好,老刘的能力我们集团是绝对信任得过的。我也听说您最近在奉贤考察一个房地产项目,会比较忙一些,所以小事情我们就和老刘商量着办,请您放心。不过,我个人也有个问题想请教一下您,您看上海的房地产还会好起来么?"

一听这话,会议室里的众人又像打了鸡血般兴奋起来,人人脸上露出了好奇的神色。"这两年金融危机,很多地方的房价都跌掉一半了,您看还会跌吗?"莫东岩继续问道。

"上海的情况还好,内环内都没怎么跌,我家附近的房价跌了10%最多了。"郎英俊的家境比较好,住在上海市中心地区,因此有些得意。

"对,外环跌得厉害,30%有的,内环内的房子比较抗跌。"老刘补充道,"如果有机会我还是想换到市中心里来,毕竟交通会方便很多。"

莫东岩有些好奇,"那老刘你现在住在哪里?"

"唉,我住的地方要虹桥机场再往下了。我以前可是住在黄浦区的,后来老房子拆迁,动迁到那里的。我每天上班开车就要近两个小时,路上浪费太多时间。"

"动迁不是都分了很多套房么?老刘你卖掉两套不就可以买内环内的房子了么?"郎英俊问道。

"Michael，估计你那时候还在国外，不了解当时的情况。我们那时候动迁早，都是服从大局利益的。哪里会像现在这样，一边做钉子户一边和动迁组谈条件？而且我家兄弟姐妹多，也就各家分了一套，然后拿了些补偿款。不过当时要是拿这些钱再买一套房子就好了，支付个内环内房子的首付款绝对没问题。而我呢，又把这些钱投入到了期货市场，结果你们都知道了。唉，跌打滚爬了这么多年，也就这个样子了。"

要是能再跌一点就好了，东屏暗自想道，但是他不敢说出来，毕竟郎英俊和老刘都是有房族，他们期望的方向也许和自己完全相反。这次东屏准备问老胡借的100万元，如果可以利用668坐庄的机会赚上个几倍，赚的钱就可以在上海买房买车了。东屏盘算着，虽说做"老鼠仓"有风险，但如果被发现了估计也就是被迫从创先集团离职，还有就是有可能其他同行业的公司不会再聘用自己了吧？但是自己年轻，应该有的是机会。

"确实，这些年对普通老百姓来说，投资什么也不如买房好。"莫东岩接口道，"房子买了放在那里，又不用操心，还可以收房租。虽然今年房价跌得有点凶，但我估计明年情况会好一些。"

"那可不一定，"郎英俊反驳道，"日本的泡沫经济破裂以后，房价连跌了二十年。中国的房价，和老百姓收入相比，实在是比较高了。而且房价和租金之间的租售比也比世界通常标准要低许多，很多都不能达到银行存款年利率的标准。

我觉得整体房价还会进一步下跌,不过地段好的地方应该会扛得住。"

"你还是老外的思路,中国的国情不同。"老刘又对郎英俊留洋多年所深深烙下的国外思维模式不以为然,"国外很多都是男人一个人在外工作,女人在家照顾孩子,最典型的就是日本,欧美国家也差不多。你一个人的收入,养活全家后能留下多少钱来买房子?中国呢,夫妻两个都工作,都有收入来源,而且很多都巾帼不让须眉,女人的工资比男人还高。另外,大部分家庭都只有一个小孩,而国外往往都要两个、三个小孩这样生,就算政府给一定补贴,该花的衣食住行费用还是要花吧?"

"老刘你的意思是,虽然发达国家个人的工资水平绝对值比较高,但中国一个家庭扣除开支后可以剩余的储蓄收入比重,会高于外国家庭。也就是说,中国家庭的购房购买力实际上是超过外国家庭的,所以导致中国的房价会偏高?"简宁大概理解了老刘的意思,又总结性地问了一遍。

"也不是绝对的。我只是在解释不能单从一个人的收入和房价比来判断房价是不是偏高。社会上很多无知的专家往往就用这条奇怪的理由来妄下结论。其实影响房价的因素很多,如果只看收入和房价比的话,那么印度孟买的房价简直贵得离谱了,但还不是照样有人买?"老刘微笑着对简宁说道。

"老刘,什么叫'无知的专家'?"郎英俊一脸的不舒服。简宁觉得他有些敏感了,老刘也只是无心之语,并没有指向他。但言者无意,听者有心,郎英俊对老刘怒目而视。

看到这种情况,赵先发话了,"好了,我一会儿还有个会。奉贤的项目我还在考察之中,明年房价看涨的因素要比看跌的因素多许多,具体的内容今天就先不讨论了。老刘、老莫、Michael、振亚,你们看看还有什么需要补充讨论的么?"

众人纷纷摇头。于是赵先挥了挥手,便散会了。莫东岩套上一件滑雪衫,走到东屏身边,"走,一起找个地方吃中饭去。"

东屏看了一眼简宁,"好了,带上小陆一起吧。"简宁点了点头。

三人乘坐电梯到了大堂,正兴致勃勃地讨论着到哪里吃饭,简宁突然看到一个穿着绿色呢绒大衣的女人从旋转门外走了进来。她的衣服颜色过于出挑,吸引了所有人的目光。"咦,这不是陈美丽吗?你怎么来了?"莫东岩大声问道。

简宁也很奇怪,陈美丽怎么会在这个地方出现,"美丽姐好!"简宁也向她打了声招呼。

"你们都认识啊?!"东屏有些奇怪。陈美丽没有理睬莫东岩,径直走向简宁,"小陆,你们老板今天在么?"

"在啊。"简宁掏出手机,"要我和老板先联系下吗?"

"哦,不用,他手机一直没接,估计有什么重要的事情。我自己上去找他。"陈美丽说着转头走向电梯。简宁突然想起来开会的时候,自己也把手机静音了,赶快把声音打开。东屏则很好奇地看着陈美丽的背影,"她是谁啊?"

"东屏,她叫陈美丽,你不认识啊？改天有机会给你介绍认识下,嘿嘿。"莫东岩不怀好意地笑着。但东屏注意到,简宁望着陈美丽远去的身影,目光一动不动。

（十三）
签　字

668公司的投资者关系互动平台界面的顶部，刊登出一则公告，用特别的红底黑字标明，字体也比惯常所用的要大许多，显得异常醒目："本公司注意到，近期市场上有关于本公司养殖海产品的区域遭遇几十年未遇的寒流，将有可能导致部分海产品绝收等传言。本公司声明，该传言并不属实，本公司目前一切经营正常。本公司将保留追究造谣者法律责任的权利。"

莫东岩和老刘看到网上发布的这则消息，相视而笑。简宁看着手中翻开的报纸，大声说，"来，听听这个股评家是怎么说的：技术形态上来看，668已经走出了一个完美的'W'底，股价只要突破前期高点14.50元，该股将会一飞冲天……"

"嗯，几家证券公司现在都在强烈推荐668，你们银通集团的公关工作做得不错嘛。"老刘拍了拍莫东岩的肩膀。

莫东岩摆了摆手，"都是合作了很久的伙伴，前几天都去打过招呼了。你看,这篇推荐稿还是我写的呢。对了,小陆,你今天没去民泰证券坐班吗?"

简宁摇了摇头,"早上赵总给我来电话,说公司的人手不够,让我这两天来帮下忙。"简宁心想,自己这两天也不想去民泰证券。王阿婆看到这几天668的股价涨得这么好,一定心情很郁闷,自己看到王阿婆还不知道该说什么才好。

莫东岩扫了一眼创先集团的操盘室,韩炯、洪伟他们几个人都不在,有些奇怪,便问老刘,"今天人很少啊,其他人都去哪里了?"

"我也不是很清楚。赵总说临时有急事,把他们几个都叫去了。我听李振亚说,赵总过几天要出次远门,要赶在出门前把手头的事情都安排掉。"老刘回答说,"再说,这几天拉升668股价,你们银通集团才是主角,我们这里也不需要那么多人做配角。"

"哦……"莫东岩拖长了声音,转头看到东屏正皱着眉头盯着大屏幕上668的实时走势图,似乎有什么想法。"小许,怎么了,有问题么?"莫东岩有些好奇。

东屏没有搭话,依旧一言不发地看着投影屏幕。简宁收起手中的报纸,望了屏幕一眼,668的多空双方正在14.50元的价位附近集结。14.50元、14.51元、14.52元各有2000手到4000手不等的卖单。而14.49元、14.48元、14.47元也各有1000手到2000手不等的买单。

几分钟之内,竟然没有一笔成交,668的分时图走出了一个短暂的横线,就像是决战之前,多军和空军都挖好了战壕、布置好了兵力，静静地等待攻击号角声的响起。

老刘转头看了一眼莫东岩，"老莫，你们今天是要拿下压力位的，对吧？"

莫东岩显得自信满满、胸有成竹，"嗯，没问题，我绝对相信我们操盘手的能力。宣传舆论攻势我们都已经做足。我们身后还有千百万推着三轮小板车装着小米的散户们的支援，对方这点流寇抵抗不了多久。"

"嗯，"老刘点点头，"除了大股东手里的股份，其余你们银通集团应该至少收集了一半了吧？"

莫东岩笑了笑。说话间，668的实时走势图往上跳了跳，一笔2000手的买单打掉了压在14.50元价位上空方的先头部队。"开始了！"老刘咧了下嘴。

简宁看到压在14.52元价位上的卖单从1500手突然变成了500手。"这是怎么回事？为什么14.52元价位上的卖单少了1000手？"简宁有些不解。"14.51元价位上的卖单还没成交呢？"

"呵呵，那都是些墙头草，看到我们多方开始进攻了，吓得撤单了呗。"莫东岩说着，"很多散户会在压力线附近挂出一个价格，但是如果看到多方势头比较猛，会撤销卖单的。"

正说着，14.51元和14.52元上来不及逃跑的空军瞬间被来势汹汹的多军一口气消灭掉。"每次看到秒杀空军卖单真是爽，冲啊，继续给我杀！"莫东岩来劲了，一脸兴奋，腿也开始抖了起来。

多军仿佛听见了莫东岩的号令，一路乘胜追击，把挂着的零星卖单统统吃掉,实时走势图画出了一个火箭升空般的上升直线。"这也太不经打了吧。"东屏突然说话了,"好歹也装模作样地抵抗一下吧!"

"别急,慢慢看!"老刘说道,"空头没那么容易被打光的。"

668的股价上冲到14.80元的价位附近,多军的攻势突然停止了,668的实时走势图又开始走出一个上下波动不大的横盘态势。但是在14.77元附近,简宁看到有一笔2000手的买单挂在那里。"那个买单是你们挂的吧?"简宁问莫东岩。

莫东岩点点头。"有这个资金量,为什么还不一口气把668拉到涨停板?封住涨停板之后,估计今天就不会有人再抛股票了吧?"简宁继续问道。

"前面我们已经消灭了大量的空军,现在也应该让后面的散户们发挥一点作用了。这2000手买单挂在下面,是给多军的散户们一点信心,告诉他们有强力后援不用怕,让他们冲上去帮我们吃掉一点上方的空军。总不能抬轿子的事情都我们自己来做吧。"莫东岩用舌头舔了一下上嘴唇,一脸坏笑。

果然,在14.77元上方的卖单,一旦挂出来不久,就被几十手、几十手的小买单慢慢蚕食掉。"让空军慢慢耗死在人民战争的汪洋大海中。"莫东岩掩饰不住地得意。

"等今天这些空军的小股部队被散户们吃掉以后,你们就要拉涨停板了,对吧?"老刘问道。

"是的,这些空军我估计都是前几天买入,已经有所盈利的获利盘,都是一些赚了点蝇头小利就会跑的股民。等新追入买进的散户把他们消灭得差不多了,我们今天还是要拉到涨停板的,估计会在下午收盘前半个小时左右动手。"莫东岩点点头。

东屏勉强挤出一丝笑容,配合着应付了几句。他不想让别人看出自己有心事。老胡要求的担保人还没有找到,那100万的借款还没有到位,668的股价已经涨成这样了。668每往上涨一角钱,东屏就觉得像是自己身上被挖掉一块肉般的心痛。

"老莫,你估计668的股价拉到第一目标位30元大概还需要多久?"老刘又问道。

"应该很快,不会超过一个月的。"莫东岩回答道,"我们的习惯你也应该知道,从来不心慈手软的,不会给敌人喘息的空间。"东屏听到莫东岩这话,心里又是一沉。

"到30元之前,中间不调整一下吗?我可不想接盘的时候,K线与均线距离得太远哦。"老刘瞟了一眼莫东岩,暗自观察他的神色。

"不会做大调整,但会选几个价位做单日的上下大振幅,保证交接的时候均线不会偏离得太远。"莫东岩面不改色。简宁有些不明白莫东岩在说什么,便向东屏投去了请教的目光。但他发现东屏一动不动,神情呆滞,仿佛神游在千里之外。

"也是,你们银通集团操作手法一向很猛,有机会介绍你们的操盘手给我认识认识?不过这样也就意味着,我们到时候可能不得不在 30 元的高位进行洗盘了。"老刘略微皱了下眉头。

"也许吧,不过如果有机会能让我见识一下创先集团王牌操盘手的洗盘功力,也算是我三生有幸了!"莫东岩恭维着说道,简宁明白他指的是老刘。

东屏默不作声,仿佛身边人的对话与己无关。他暗自捏紧拳头,空军们啊,你们要争气一点,能拖多久拖多久,一定要等到我那 100 万到手啊!

咖啡馆面积适中,布置得很精致。沙发和桌椅都是深咖啡色的,墙面上也包着深褐色的墙板,在金色灯光的照射下显得深沉、典雅。实木书架上,错落有致地摆放着几十本小说或是人物传记,靠门大落地玻璃窗上贴着几张最新话剧的宣传海报,而墙壁上则挂着几幅正方形的手绘图画,有克拉克·盖博、玛丽莲·梦露等美国老一辈的电影明星。

东屏端起面前的陶瓷咖啡杯,轻轻地品尝了一小口。海盐味道挺浓的,和东屏在其他地方喝到的美式咖啡完全不同。他扫了一眼咖啡馆内,零星地坐着三五个人,有的悠闲地倚靠在沙发里翻阅着咖啡馆免费提供的书籍,有的则端坐在皮椅上,聚精会神地看着摆在桌上的电脑。这是个适合小资客们沉溺于自我情调的地方。如果有闲余的时间,来这里喝喝下午茶、看看书、品尝下甜品,亦或是发呆,都会是个很好的选择。

正想着,东屏看到老胡从墙角处投来的目光。老胡坐在东屏对角线的转角沙发上,跷着个二郎腿,手上摊着一本杂志,不时地向东屏这里瞄上两眼。东屏感受到了老胡催促的意思,低头看了下手表,心情烦躁地向窗外的马路望去。

马路上人头攒动,穿着各式各样的冬衣,慢慢地朝着咖啡馆对面的上海话剧艺术中心的大门涌去。随着这些年看话剧成为了一种时尚,咖啡馆门外的这条不足千步的安福路,也俨然成为了上海文艺时尚的地标之一。安静、不张扬;小资、不俗套;纯粹、不浮躁;这条原名为巨泼来斯路的马路,在上海新"白领话剧"艺术生活方式崛起后,悄然成为了人们洗涤被凡尘俗事浸染尘埃的心灵的一片净土。

壁画上方啄木鸟形状的木质时钟突然响了一声,时针指向了七点半。东屏看了眼远处的老胡。老胡皱着眉头,长叹一口气,似乎没了耐心,合起手上的杂志直起身子,朝服务员挥了挥手,"小伙子,买单了。"

正在这时,咖啡馆的大门嘎吱一声打开了,雨熙急急忙忙地冲了进来,一溜烟地跑到了东屏身边坐下了。"啊呀,事情太多,好不容易才做完!"雨熙气喘吁吁地说道。

"哦,没事,工作要紧。"东屏淡淡地说,心里很不高兴,"下次先打个电话告诉我一下。"

"不好意思,不好意思,"雨熙连连道歉,"我原来以为可以准时到的,没想到到这里一路上都是小马路,非常堵。你不会生我的气吧?"

"唉,话剧已经开始了,不过开头看不到应该问题也不大吧。"东屏自我安慰道,"不过前两天有个晚上打你电话,你也没接。以后不管有什么事情,都要及时告诉我,不然我会担心的。"

"哦,那天我手机不小心调到静音了。"雨熙看着东屏的表情,觉得他还是在生气,便把脸颊凑到东屏的嘴边,"来,亲一下。"

"嗯?"

"亲一下就说明你不生我气了。"雨熙两只大眼睛眨了几下,装作可怜兮兮的样子对东屏说。

"嘿嘿,你这么可爱,我怎么生气得起来啊!"东屏笑了起来,在雨熙脸颊上轻轻地吻了一下,然后把雨熙另一侧的脸颊转了过来,又亲了一下。随后,东屏又在雨熙的额头上亲了一下。雨熙被东屏的举动逗乐了,撅起樱桃小嘴,又让东屏在自己的嘴唇上亲了一下。

"今天看什么话剧啊?"雨熙梳理了下头发,准备站起来。

"武林外传。"东屏却没有准备离开的意思,看了对面一眼。老胡又坐了下来,一边按着POS机上的密码,一边瞧着自己和雨熙。东屏听到雨熙又问道:"武林外传?是电视上放的那个吗?"

"不是,是同一个编剧写的剧本,好像是前传,肯定很搞笑。而且我听说这个话剧的演员也不错,想看很久了。"

"唉,我没看过话剧,这是第一次。"雨熙笑着勾住了东屏的胳膊,"我们快点吧,我已经迫不及待了。"

东屏停顿了下,拉住了雨熙的手,"不急,还有个正事。你还记得我上次说需要把你的股票账户借用一下的事情吗?"

"记得啊,账号和密码我都已经发到你手机上了啊。"雨熙有些不解地问,"身份证的复印件我也给你了啊。"

东屏转过身,从身旁的公文包中拿出几张纸,递给雨熙。雨熙接过来,低头看了下,"这是什么?"

"我们公司很正规的,借用账户也要办手续的,这也是对你负责,给你保障。"说着,东屏指着第一张白纸上的一行黑字念道:"若借用账户发生任何法律问题,由本公司承担责任。"

"哦,其实不用了,反正我相信你的。"雨熙收起白纸,东屏赶忙按住她的手。"你看下面有个'同意'的地方,你需要签个字。"说着,东屏又从公文包里拿出一支黑色水笔,递给雨熙。

雨熙想也没想,就在下面签上了自己的名字。"后面几张也要签,同样的内容,要一式几份的。"东屏说着,拿起那几张纸折了起来,留出了空白签字的地方让雨熙签字。雨熙没有看后面几张纸上的内容,就按照东屏的要求,在签字处写上了自己的名字。"好了,我们赶快去看话剧吧。"雨熙催促道。

东屏点了点头,给老胡一个手势,老胡便走了过来。雨熙看到一个身材健硕、满脸胡子拉碴的中年男子突然出现在身边,不由自主地吓了一跳,"这是?"

"哦,他是老胡,也是我们公司的。公司要得比较急,我明天上午又不进公司,所以让老胡带过去。老胡,你看这样可以了么?"说着,东屏便把雨熙签过字的资料递给了老胡。

老胡笑了笑,也从自己口袋里拿出一张纸,边看边对着雨熙的脸仔细地端详起来。雨熙伸长了脖子,瞟了一眼老胡手中的纸,正是自己交给东屏的身份证复印件。"那就是我啊。"雨熙脱口而出。

"嗯。人是没错,上海人。照惯例还应该按个手印,不过……"老胡又看了眼雨熙,雨熙一脸茫然地看着他,"这次就算了。"

东屏长舒一口气,拉起雨熙,对老胡说,"那后面就交给你了。"说完,便和雨熙疾步走出了咖啡馆,向上海话剧艺术中心走去。老胡望着他们的背影,拿起了手机。

剧院里黑压压地坐满了看客。东屏和雨熙弓着身低着头,找到了自己的位子。舞台上的男演员从一口棺材里掏出一个绿油油的西瓜,观众席随即爆发出一阵笑声。雨熙不明就里,转头望向东屏,却发现东屏正按着手机键。东屏从余光中发现雨熙正看着自己,便把手机屏幕对着自己的脸,不想让雨熙看到屏幕上的文字。

"小伙子,你好像忘了件事情。"老胡的短消息写道。

"什么事情?"

"股票代码啊。"

东屏犹豫了一下,然后迅速地按了"668"这几个数字。过了一会儿,手机又发出滴滴的声音。东屏一看,"100万已汇到你账户,你查收下,收到给我个回复。"

东屏把手机放到外衣内侧口袋中,闭上眼睛,往椅背上靠了靠,仿佛是刚完成了一件人生大事。

（十四）
交　接

　　会议室正中的座位空着，李振亚和莫东岩分坐在会议桌主位的两侧，正讨论着什么。老刘、郎英俊、东屏等人坐在一旁，侧着脑袋专注地看着他俩，屏气凝神倾听着。简宁提着一大袋星巴克咖啡冲了进来，打断了他俩的对话。

　　"咦，赵总不在，我好像多买了一杯。"简宁边说着，边把咖啡一杯杯从袋子中拿出来，放到桌面上。李振亚挨个递给众人，"嗯，赵总有事去了外地，今天就我们几个开会。"

　　"多一杯就给小陆吧，小年轻多喝两杯没事。"老刘拿过咖啡杯，放到自己的面前，"小陆，今天星巴克人多吗？"

　　简宁点点头，"今天用银行信用卡买咖啡是买一送一，人好多的。我排了好长时间的队伍，要不早就到了。"

　　莫东岩笑了笑，"还是老外的咖啡卖得好啊。说是说金融危机，星巴克还是照样很多人喝。你们知道么，自从星巴克进入到了中国，它的股价就一路上涨，还是中国市场的潜力巨大啊。"

"是啊,肯德基麦当劳不也都是么? 我估计它们中国区的销售额占全球销售额的比重会非常高。美国的报纸已经说了,这次若要走出金融危机,就要靠中国人了。"郎英俊接口说道。

"不过星巴克卖的是一种文化氛围,和普通的咖啡馆完全不同,这点不能不佩服它啊。企业文化伴随着品牌一起卖,接受了它的企业文化也就接受了它的品牌,这点中国企业确实要好好学习一下。"老刘也表示赞同,"你看我这种上了年纪的人,也喝星巴克……"

"老刘你又不老,别说得自己像老古董似的,"莫东岩朝老刘挥了挥手,"不过,我们兰总好像从来不喝。他除了喝酒就是喝茶了。"

东屏突然灵机一动,开口说道,"你们说,如果按照星巴克的模式,搞一个中国的'茶巴克'怎么样,专门销售快速配置的茶饮料,当然还可以附带宣传茶文化,我这个点子如何?"

众人纷纷转向东屏,很有兴趣地看着他。就属东屏鬼点子多,但似乎有一定的可行性,简宁暗自心想。只听见东屏继续说道,"你们想啊,真功夫这样复制肯德基麦当劳商业模式的企业,不也获得成功了? 中国人有喝茶的传统,但是大部分茶馆太高大上了,不接地气。如果把茶饮料和星巴克模式做一个有效的嫁接,说不定也可以成功啊!"

莫东岩连连点头,"这倒是个好主意。我回去和兰总说说,然后联合你们赵总一起搞一个。到时候,就让你东屏来做总经理吧。我也投点钱,说不定将来可以上市……"

李振亚之前一直没有出声,但此时开口打断了莫东岩,"这个领域对我们创先集团和你们银通集团来说,都很陌生。如果要做的话,我们做风险投资或者是战略投资者是可以的,但实际经营还是应该请有经验的人来做吧?"

东屏摇了摇头,"没事的,我可以去做卧底啊,顺便带上小陆。我们只要去应聘星巴克的服务员,不出半年,他们具体的运营模式我们可以了解得一清二楚。"

"哪有那么容易啊?"简宁表示异议,"我才进公司没多久,股票投资都没学好,让我学其他的?我还是想学好一样再学另外一样吧。"

"我也只是说说而已的,"东屏向简宁白了一眼,"有什么灵感大家讨论讨论嘛,就当是头脑风暴吧。"

"好吧,你的思维节奏太快,我快跟不上了。"简宁耷拉着脸,流露出木讷的表情。李振亚同情地微笑了一下,"好了,东屏,我们还是言归正传吧。刚才我和莫总说到哪里了?"

"说到要提前进行668股票的接力工作。"郎英俊马上回答道。

"嗯,是的。兰总昨天已经和赵总电话商量过了,根据目前的情况,668要提前进行交接第二棒。"莫东岩补充说。

"不好意思,老莫我想打断一下,668现在的势头很好,为什么银通集团要提前交接呢?原先说好银通集团要拉升到30元的,但昨天的收盘价只有20.40元,是不是太早了一点?"老刘插话问道。

"计划赶不上变化,"莫东岩显得很自然,"银通集团因为同时坐庄其他几个股票,资金上有点跟不上来。去年年底,银通集团有笔银行贷款到期。本来银行说好,只要银通集团还上了,今年年初还是会重新放贷给我们。但是谁知道,我们找了一笔过桥资金还了进去,但是今年的贷款银行迟迟不肯审批下来。这不,为了以防万一,我们还是决定提前交接吧。

而且,提前交接对创先集团也是有好处的。毕竟对创先集团来说,在30元的价位交接,和在20元的价位交接,风险是不可同日而语的。老刘你不也是一直希望在较低的价位进行交接吗?"莫东岩一语说中老刘的心思,老刘不由自主地低垂下双眼。这一切没有逃过莫东岩的眼睛。

"那是不是意味着,668最后的拉升目标位,是不是也要同样降低10元呢?"东屏突然问道。他很关心这个问题。老胡的100万资金到位以后,他在第二天以均价17元左右买入了满仓的668。到目前为止,668已经上涨了20%,东屏的账面上已经多出了20万元。东屏仔细算过了,100万元借两个月的利息大约在8万元左右,也就是说他到目前为止短短几天时间内已经净赚12万元。

莫东岩皱了下眉头,有些不以为然,"目标位只是努力争取的目标而已,最后能拉到多少钱很难说的。庄家也不是神仙,不是想拉高到多少价位就一定能拉高到多少价位的。反正赚多赚少都是赚,大家心态好点就是了。"

老刘点了点头,"确实,我以前操盘,也总能遇到一些意外。有些股民一遇到股价下跌就开始骂庄家,他们哪里知道我们坐庄的有多辛苦。反正,发生问题解决问题就是了。"

"那你们接棒后准不准备洗盘?"莫东岩继续问道。

"高位洗盘那是必须的,虽说只是在 20 元左右的价位接盘,比原先预计的价位要低上 10 元左右。但是我们还是要洗一下,降低一下我们的成本。"

"不过,银通集团所持有的筹码已经足够多了,而且在公募基金第三棒接盘完成之前是不会有大规模抛售的。剩下的散户或者大户,大多都是和我们一条心的长线持有者,你们直接拉升股价的话,应该阻力不会太大吧?"

"老莫,"郎英俊突然插话进来,"我们创先集团不习惯快速拉升股价的,我们喜欢慢慢来,这点和你们银通集团不同。你们这几天已经拉得很快了,如果我们继续高歌猛进,很容易被证监会关注并跟踪的。大家出来赚钱,安全第一吧。"

"是啊,而且我们也没有什么太大的融资成本,大部分是自有资金,所以慢慢来也没问题,不需要面对太大的利息压力。"老刘冷冷地说道。莫东岩听出来,老刘是在讽刺他们银通集团使用金融杠杆过度了,于是不再搭腔。

"那 668 我们准备洗盘到多少价位啊?"东屏实在忍不住,毕竟和自己的切身利益有关。这方面,他倒是和莫东岩是一个战线的,希望自己的公司不要进行洗盘,直接来硬的手段,往上冲股价。

"我本来准备在 17 元到 20 元的价位区间里面来回洗几次,把我们接盘的持仓成本做到 17 元以下,然后再配合消息拉升股价。"老刘习惯地摸了摸自己的鼻尖,缓缓地说道。

完了,不会一洗就洗两个月吧,这样时间不都耽误了吗,东屏心里暗自着急。如果洗盘用上两个月的时间,股价又回到17元的话,那这两个月的利息是白付了,看来又要多借一个月了。

"不过后来我又想了想,现在668的势头很好,可以先把股价拉升到25元以上,然后做一个振幅巨大的洗盘,从25元杀跌到17元后再拉升。这样如果我们操作得当的话,有可能我们的持仓成本可以做到15元以下。"老刘的话,又让东屏感到了一丝生机。如果这样,不如在25元把手上的668股票全部抛掉,然后在17元接盘回来,东屏内心盘算着。

"看样子,创先集团的王牌操盘手,要好好秀一下技术了。"莫东岩又开口了,"我很期待!"

老刘心想,前一段时间银通集团的操盘手,连几毛钱的差价都要赚,自己可不能被对方看扁。不过他嘴上很谦虚,"哪里哪里,也是为公司考虑,能够风险降低一点就降低一点。"

"说到风险,莫总,有件事情我不得不提一下。你们银通集团的保证金到现在还没有汇到监管账户上。按照双方事先约定的条件,我们看不到保证金,就不会接668的第二棒。"李振亚仍旧面无表情,说的每一个字也都冷冰冰的,简宁很好奇究竟是怎样的背景才会造就李振亚这样的性格。

"李小姐,请放心。这个昨天兰总也和赵总沟通好了。我们不是最近资金紧张嘛,实在拿不出2000万的现款。不过幸亏你们赵总好说话,我们明天会背书一张2500万的票据给创先集团,作为保证金的替代。"

"如果赵总点头了,那我们也没有意见。不过要看到票据后,我们才会接手。"

"没问题,明天就送过来。"莫东岩自信满满地说道。

"那这段时间我们就要忙起来了。前一段时间是看你们银通集团表演,我们看戏,现在轮到我们上场了。"老刘说道,"但是也许还是要你们配合的。"

"对了小许,这几天你就不用上网去股吧发言了,先冷他们一段时间。"李振亚突然对东屏说道。东屏嗯了一声,李振亚继续说,"老是发言也不好,会被看出纰漏,偶尔还是要保持一点点神秘感。"

会议结束以后,李振亚突然叫住了简宁,"简宁你来一下。"

简宁有些不解,走到李振亚的身边。李振亚拿出一个简宁熟悉的黄色牛皮纸信封,递到简宁手上,"这是赵总吩咐我交给你的。他让你今晚去交给老朋友,不要太晚,8点前送到。"

简宁盯着李振亚的眼睛看了许久,他想知道李振亚是否知道这个信封是交给黄小姐的。但李振亚并没有看他,而是望着远处,眼神冷若冰霜。

～～～～～～～～～～～～～

上海已经到了寒冬,夜晚的风很大,简宁从出租车下来以后,双手环抱着黄色大信封,快步往新华家园的小区深处走去。走过门卫间的时候,简宁往里面瞄了一眼,也许是因为外面空气太冷而房间内又开了空调的缘故,窗玻璃上已经起满了雾气,完全看不清楚里面的情况。小区内静悄悄的,偶尔会有两声凄厉的猫叫声,似乎是从一些停靠在车行道旁边的小轿车底下传出的,让人不寒而栗。

来到陈美丽家的楼下,简宁迅速地在防盗门对讲系统键盘上按下了"1204"这几个数字。但是,简宁等了七八声长响以后,就没有任何声音了。陈美丽不在么?简宁暗自想道,然后抬腕看了下手表,时间是晚上7:50分,并没有到8点。简宁蜷缩了下脖子,搓了下双手,"也许刚才是在上厕所吧",简宁又按了一遍"1204",可是同样几声长响以后,还是没有任何声音。

大风吹得树枝发出"哗哗"的响声,简宁冻得瑟瑟发抖。他拿出手机,拨通了李振亚的电话:"李小姐,我是简宁,我已经到黄小姐的住处了,但是她好像不在?"

"哦?不会吧,现在是几点钟?"

"晚上7点50左右,没有到8点啊。是不是黄小姐已经提前出门了?"

"嗯,这样吧,我问下赵总,你先不要走,等我电话。"

"哦,好的,不过这里可真冷啊。"不等简宁说完,李振亚便挂断了电话。

这时,防盗门吧嗒一声响了,一个穿着灰色棉衣的男子急冲冲地从里面走了出来。简宁朝他看了一眼,但他低着头,从简宁面前一晃而过。简宁赶忙抓住防盗门的把手,不让防盗门关掉,然后走了进去。

出了电梯,简宁来到1204的门口,看到大门紧闭着。不知为何，简宁突然有种揪心的感觉，仿佛空气中弥漫了一些诡异的味道。简宁按了几下门铃，但是房间里没有任何回应。陈美丽应该不在，但是想到李振亚交代过暂时不要走，简宁便在走廊上找了个墙角，点了根香烟。

电梯又开始运行，简宁一边抽烟，一边无聊地看着电梯门顶上标注的数字慢慢地往下减小，12、11、10……但是，当电梯下降到了5楼时突然停住了，然后飞速向上直冲到了12楼。电梯门缓缓地打开，里面空无一人。正当简宁慢慢把头伸进电梯内查看时，一只手突然从上而下抓住了简宁的头发，用力摇晃着简宁的头。简宁努力挣扎的同时，从电梯不锈钢板的反射中看到了一个满脸是血的女人狰狞的笑容……

周围很安静，耳边能听到冷风撞击走廊窗户的声音，简宁幻想着恐怖电影中常见的情节，静静地看着电梯从12楼安稳地停靠在了1楼，然后又从1楼缓缓上升到了18楼。这时，手机铃声突然响了起来："小陆，你还在吗？"

"李小姐，我还在啊。我已经进了大楼了。不过我按了门铃，黄小姐应该是不在家。"简宁说道。

"哦，那奇怪了，赵总也联系不上黄小姐，手机一直没有人接。这样吧，你先回家吧，明天再说。"李振亚在电话那头吩咐道。

"这……李小姐，你看我能否把资料给门卫，让他们到时候转交下黄小姐？"简宁试探地问道，天气冷，他不想再多跑几次。

"这个不行,你先回家,其他不要多想。"李振亚的语气非常严肃。

"那好吧。"简宁叹了口气,把黄色牛皮纸信封往腋下一夹,然后按了电梯。

从新华家园出来后,简宁拦下了一部出租车,准备打的到江苏路地铁口,然后坐地铁回浦东。出租车司机开着收音机,电台频道里放着流行音乐,简宁有些疲倦,将头斜靠在车窗上,双眼无神地看着窗外马路上稀稀拉拉的行人。

在一个路口等红灯的时候,简宁看到一个瘦小的老人身影,穿着深色满是补丁的长外套,站在公共垃圾桶前,半蹲着身子,在往里面翻找着什么东西。她的身边,堆着几个已经扎口的塑料袋,袋里装满了许多空的塑料瓶。也许是因为身体的迟钝,老人的动作很缓慢。她用力把手深进垃圾桶的深处,慢慢地用手去触摸识别,然后把可以换钱的废品努力抽出来。简宁面色凝重地凝视了她许久,这个老人的外形渐渐和王阿婆在简宁心中的体态重合起来,竟然不能区分。

电台里主持人兴奋地说道:"下面是精彩的抽奖环节,大家准备好了么?这次的大奖可是价值人民币5000元的台式电脑哦,大家赶快拨打我们的热线电话吧……"

简宁揉了揉眼睛,捂住了耳朵。

（十五）意　外

　　股市的迅速回暖，让散户交易大厅的人气爆棚，出现了座无虚席的场面。许多在熊市靠打麻将聊以度日的老股民，纷纷和"麻友们"告别，重回交易大厅和"股友们"重聚。老余很兴奋，因为他又看到了许多老面孔，在交易大厅中来回穿梭，亲切地和老朋友们打着招呼，欢迎他们的归来。

　　"老余，怎么样，这波行情你赚了不少了吧？"一个头发花白、满脸皱纹，看上去年过花甲的老人笑着向老余问道。

　　"哪里哪里，小菜铜钿，小菜铜钿，还不如阿根你几个晚上麻将的输赢呢。"

　　"哈刚八刚有撒意思啦（沪语：胡说八道有什么意思啦）？你这人就是这点不上路，赚了钱藏在肚子里，有意思伐啦？我们玩的'清混碰'（上海麻将的一种）也就是小来来，十块钱腊子，一个晚上能有多少钱？来说说，买的哪一个股票？"

　　老余贼兮兮地笑了笑，故作神秘地压低嗓音，指了指电子大屏幕，"就那个795，最近涨得不多，不过后面还要涨。"

"真的假的？"阿根瞄了一眼，"你买了多少？"

老余哼了一声，"哎呀，问那么多干吗！对了，阿根，我知道你小道消息多，有啥发财机会别忘了老弟。"

"肯定不会忘，我上次不是还推荐了你一个好股票嘛。"阿根得意洋洋，"后来涨了不少啊。"

老余叹了口气，"唉，别哪壶不开提哪壶，说来我后悔死了。当时我一看，那股票市盈率500多倍，太高了，就没买。孙悟空被如来佛祖压在五指山下也不过500年，500年的利润才能赚出股价的股票我哪里敢买啊！谁想到这股票还可以涨个30%啊，真是疯了！"

"那就怨不得别人了，股票本来就是饿死胆小撑死胆大的！"阿根连连摇头，又抬头看起了电子屏幕上795的报价。老余转过头，看到简宁正站在墙角，专心致志地看着手中的《证券时报》。原来简宁十点多才到交易大厅，发现大厅里人满为患、一时找不到座位，便找了个靠墙的地方站着。老余径直走到他身边，简宁过于专注竟然没有察觉。老余顺着简宁的眼光看去，发现简宁正看着报纸上的一则广告："佰草集，美自根源，养有方，为您提供肌本理护、专意理护、香怡理护、品颜理护等美肤产品……"

"小陆，没看出来啊，你也喜欢这种女人用的东西？"老余很是好奇。

简宁抬起头，不好意思地笑了笑，"没有，我平时就用点洗面奶什么的。"

"那你怎么对这种广告有兴趣？"老余来了兴趣，一副打破砂锅问到底的架势。

"最近我读了不少关于投资股票的书籍,其中有一本书提到了美国近50年以来,投资回报率最高的20只股票中有近一半是来自快速消费品行业。佰草集这类化妆品也是属于快速消费品,目前在中国市场占有率高的都是国外的品牌。如果中国能有企业建立自己的品牌,而且有价格优势的话,应该是很值得投资的。"

"这个佰什么集的是中国的品牌?我都没听说过。"老余挠了挠脑袋。

"你不关心当然不知道,这个品牌已经很有知名度了,超市里都有卖的,而且是一个上市公司旗下的。我刚刚看了下,这个上市公司的股价现在还是很低,我在想要不要买一点。"

老余看了看简宁,简宁的表情挺严肃,老余暗自有些佩服这个年轻人的钻研精神。"小陆,你刚开始玩股票,不是我倚老卖老哦,在中国做股票都是讲消息的。你要是没有确切消息,还是不要碰比较好。"

简宁心想,有消息不就是有庄家的消息么,自己的公司就是坐庄的,可惜公司不让自己买公司坐庄的股票668。"老余,你的道理我明白,不过市场上消息太多,我们散户难辨真假,消息不准要被套死的。我最近在想,国外价值投资的理论在中国是不是也能有效运用。"

"得了吧,"老余一脸不以为然,"你看看那些大盘蓝筹股,效益是好得不得了,但是股价呢?一旦被套永无天日啊!那些年年亏损的垃圾ST股,只要有重组的风声,连拉几个涨停板是没有问题的。不管白猫黑猫,能抓到老鼠的就是好猫。管他有没有价值,有庄家的股票就是好股票!"

简宁懒得反驳,心想668的庄家之一就是我们创先集团,不也害得王阿婆损失惨重么。想到这里,他突然发现王阿婆今天不在,便问老余,"王阿婆今天没来啊?"

"嗯,听说王阿婆她孙女公司发了点钱,她孙女带她旅游去了。也好,正好带她去散散心,不然真的要被668活活气死。我上次说得没错吧,她和668犯冲,她把668一抛掉,668就开始狂涨了!"

简宁看了下电子大屏幕上668的股价。创先集团接手第二棒拉升668股价已经有好几天了,668的股价始终在22元上下震荡,成交量却逐步放大。简宁记得老刘说过,会把668的股价迅速拉升到25元,然后再砸盘到17元做个大调整。但看情况似乎遇到了一些阻碍。

老余注意到了简宁的目光,有些惊讶,"小陆,你不会手上的668还在吧?"

"嗯,"简宁点点头,想起之前骗老余说自己也买了点668的股票,陪王阿婆共进退的事情来。老余猛地一拍简宁的肩膀,"小子,你可真能忍啊,668这么洗盘都没把你洗出去。哇,赚了不少啊,快翻倍了吧!"老余流露出羡慕的神色。

"还好吧,我钱少,买得不多,再放一阵看看吧!"简宁有些脸红,压低了声音。

散户交易大厅的大电子屏幕不断滚动着全部股票的实时价格信息。当简宁再次看到668的股价时,有些不相信自己的眼睛。在不到一分钟的时间里，668的股价居然跌掉了3%。简宁心里咯噔一下，连忙向大盘指数看了过去。大盘指数完全没有问题，依旧走势良好。简宁又看了下与668同行业公司的股价，也都和平时差不多，并不像出现了行业利空消息的样子。简宁不由得皱了皱眉头，听到身边的老余说着，"今天668好像不太好哎，小陆你要不要见好就收了？落袋为安吧。"

简宁默不作声。老余看到他心事沉重的样子，便也不再说话。等到中午休市的时候，668的股价已经跌掉了7%。简宁心想，668今天的走势，完全不像要拉升到25元的样子，难道要提前开始大调整了么？正想着，突然接到了东屏的电话，要他马上赶回公司。

～～～～～～～～～～

等简宁赶到震旦大厦的时候，距离下午开盘只有十分钟了。操盘室里，老刘、东屏、李振亚等几个人都神情焦虑地站在大投影屏幕前，从他们的表情上可以看出668上午的走势完全在集团的掌控之外。而银通集团的莫东岩并不在操盘室内。"你们都在啊。银通的老莫呢？"简宁问道。

老刘转过头，"小陆你来了。莫东岩昨晚给我来了个电话，说今天有事来不了。早上你去民泰证券了？"

简宁点点头，"是的，前几天我都没去，所以今天去看看。上午668跌得很凶啊。"

"是的，"东屏接过话茬，"上午668的抛盘很厉害。我们几次想把668的股价拉升到23.50元以上，都被打了下来。

你看才过了半天，换手率已经超过7%了。"

"会不会是因为股价已经偏离技术指标太多，很多大户集中把手上的668抛了出来？毕竟668已经涨了好些天了，很多人赚了钱想跑了吧？"简宁小心翼翼地问道。

"也许吧，抛盘都是一些100手、200手的小单子，偶尔会有400手、500手的中单。我在龙海证券的大户室遇到过这种情况。一个大户室里的大户们集体买了某个股票，赚了钱大家一起抛售。韩炯已经去查了，看看是不是从哪个证券公司的营业部集中抛售出来的。"东屏继续说道。

"老刘你怎么看？"李振亚突然问道。

"手法上很像，但是感觉又不像。今天上午11点钟之前，我们一直在试图突破23.50元这个关键性技术指标位置。第一次向上攻击是在9:45分左右，我只是安排了试探性进攻，失败也在我预料之中。但是，如果是大户们、散户们看到我们攻击失败而进行获利了结的话，股价应该会下跌很快。但是实际上股价下跌到22.78元就停止了，就仿佛空头并不希望我们撤退，而是希望我们发起第二次进攻。"

"你的意思是，空头也知道23.50元是一个技术指标位，所以在这个价位设置了一个陷阱，诱使我们不断攻击？"简宁大概有些明白了。

"是的，我一开始没想到，所以在上午连续发动了4次攻击，都没有办法完全突破23.50元这个价位。后来我意识到，这可能是一个陷阱，所以就暂时放弃了，看看情况再说。"老刘严肃地说道。

"哦，怪不得上午收盘前半小时 668 的股价一路下跌，完全没有抵抗。"简宁恍然大悟。

"老刘，你是我们公司王牌操盘手，好歹也得给空头们点颜色看看！"东屏心里非常不好受。今天早上起床的时候，东屏还自信满满地指望 668 的股价能上攻到 24 元。结果一个上午过去，不但没有如东屏所愿，前几周赚的利润被抹去了好多。东屏不由得担心起来。

"话不是这样说的，"老刘没好气地回应，"我们坐庄也应当顺势而为啊。你们不觉得有些奇怪么？"

话音未落，洪伟匆匆忙忙地走了进来，"李小姐，我去仔细调查了一下，最近并没有什么行业坏消息。所以上午 668 的下跌应该和利空消息无关。还有刚才韩炯和我说，证券公司的数据可能要晚一点才过来，现在不知道哪几个营业部是空头主力。"

"嗯，"李振亚点点头，洪伟便找了个椅子坐了下来。这时候，大投影屏幕上的 668 实时指数跳了一下，下午开盘了。大家都全神贯注地盯着屏幕，谁也没有说话。

有点出乎简宁的意料，668 的股价并没有延续上午的跌势，反而是慢慢向上回升，半个小时之内涨回了两个点。东屏有些按耐不住了，"老刘，你觉得我们现在应该怎么做？再往上攻击一次么？"

东屏希望，老刘能同意再往上拉一下股价。这样自己一会儿找个借口上厕所，出去先把雨熙账户里的 668 股票全抛掉，把利润固定下来。这样扣除还老胡的 100 万元本金和利息以后，自己还能赚不少。而且老刘也说了，早晚要把668的股价打落到17元，到时候再问老胡借钱买就是了。而且说不定有过这次合作，有了信任的基础，下次老胡能借个200万或者300万给自己炒668。

但是老刘仍旧眉头紧锁，"先看看再说吧。东屏你看，虽然668的股价回升了一点，但走势很弱，都是一些抢反弹的小散户们在买入。现在攻击，那只有我们创先集团孤军奋战了，而且之前没抛的小散户们和大户们都会借机把股票抛给我们，我们的资金压力会很大。我在想不如借机就做大调整吧……"

东屏心里又是一凉，但又不能说什么，只能打落牙齿往肚子里吞。但他转念一想，今天抛盘的会不会是老胡？老胡知道创先集团要坐庄668以后，应该也买了不少，也赚了不少。今天说不定就是他带头抛出来的。

正说着，简宁注意到当天668的换手率已经突破了10%，想起之前看的股票书籍中教学的内容，便说："今天这走势算不算放量下跌啊？"

李振亚回过头意味深长地看了简宁一眼，仿佛是简宁说破了什么天机。然后她又转向老刘，老刘低下头踌躇了一下，接口道："确实，前两天668的成交量就有些问题，今天是完全暴露出来了。668大股东手上的股份都已经质押了，银通集团持有的股份加上我们这些天买入的股份，如果都是锁定状态的话，不应该有那么多的成交量……"

"老刘，你的意思是说银通集团在出货?!"东屏立即明白了,然后看了看李振亚。李振亚的表情明显是也有同样的怀疑。"也就是说银通集团反水了?"

"有这个可能,毕竟银通集团的持仓成本非常低,现在这个价位出货他们的盈利部分也超过150%了。"李振亚缓缓地说道。

简宁突然想起来,莫东岩今天没有来也许并不是临时有事,而是银通集团事先安排好的,也许将来莫东岩都不会来了。"银通集团是知道我们会先拉升到25元,然后再做高位洗盘降低成本的。所以他们有可能在23.50元提前出货了,让我们把他们手上的股票都接下来……就不知道他们出了多少的货?"

老刘沉思了一下,"如果前几天都在出的话,算上今天的,银通集团应该至少清掉一半以上的668了,这还只是保守估计。但现在我们手上还没有他们反水的依据!振亚,要不要给赵总打个电话,紧急汇报一下?"

如果银通集团不反水的话,创先集团要拉升668股价会是比较轻松的一件事情。但是如果真是银通集团反手做空,把手上的股票都抛给创先集团的话,创先集团就等于做了冤大头,完全是给银通集团送钱了。大家都看着李振亚,希望她赶快给赵先打电话做决定。没想到李振亚摇了摇头,"其实中午的时候,我已经和赵总汇报过了,赵总的意思是看看再说,让我们轻易不要动,即不要买也不要卖!"

"什么!时间就是金钱啊!将在外君命有所不受,老刘你实战经验丰富,你想个办法吧。"东屏急红了脸,双臂不断颤抖,"你看下午 668 的股价有一点回升了,不如我们尾盘最后几分钟来个直接拉升封个涨停,拉高股价。然后我们明天抢在银通集团之前出货。"

简宁听着有些奇怪,觉得东屏的话有些逻辑不通顺,但又想不清楚到底是哪里。李振亚立刻用命令的口吻说道,"这个不行,赵总不允许绝对不能做。而且你尾盘从大阴线直接拉个涨停的长阳,会立刻引起监管部门的关注。"

"嗯,是的,而且我们现在还不能确定是不是银通集团背叛了我们。"老刘也否决了东屏的提议,"振亚,郎英俊那边联系过没有?"

"中午联系过了,好像也是一切正常,并没有什么异动。我让郎英俊再仔细查一下,银通集团会不会把实际操盘室换到了其他地方,瞒着郎英俊。"

老刘点点头,心想郎英俊从海外留学回来,书卷气还是太重,不了解中国资本市场的人心险恶。东屏则仿佛认定了银通集团已经反水了,狠狠地"呸"了一声,"郎英俊这个小白脸,果然靠不住。"在他心里,郎英俊被对方收买、故意知情不报的可能性也非常大。

简宁轻轻地拍了东屏一下,心想郎英俊毕竟是前辈,再怎么也不能这么说。"老刘,如果我们创先集团单独做 668,有没有可能?"简宁问道。

老刘瞥了简宁一眼,心想简宁虽然是新人,但遇到问题确实少有的沉着,能够立刻去想最坏结果的解决办法。"小陆,如果我们自己做,资金上会有一些问题,毕竟我们接盘的成本也要在20元左右了。而且我们和668的大股东也不熟悉，如果没有他们的配合完全做不了，如果操作得好，最多不亏。"

这时，东屏突然弯下腰来，用手捂着肚子，满脸痛苦的神色。"怎么了？"简宁注意到东屏的神情，关切地问道。

"不知道，早上开始胃就不舒服，肚子里面翻江倒海。"东屏眯着眼睛，装着疼痛难忍的样子，心想赶快出去想办法把雨熙账户里的668给抛光，"我去方便一下。"说着东屏便向操盘室的门口走去。但这时，他突然发现老刘、李振亚几个并没有在注意自己，而是一脸震惊地看着大投影屏幕。东屏转过头，不由得也直起身子，完全忘记了刚才的表演。

一笔20000手的卖单，直接把668牢牢地击落在跌停板上。

（十六）
龙　五

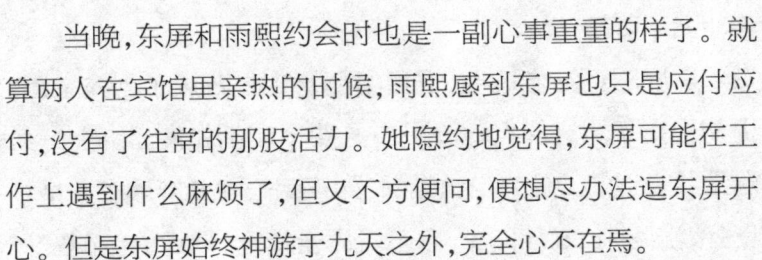

当晚，东屏和雨熙约会时也是一副心事重重的样子。就算两人在宾馆里亲热的时候，雨熙感到东屏也只是应付应付，没有了往常的那股活力。她隐约地觉得，东屏可能在工作上遇到什么麻烦了，但又不方便问，便想尽办法逗东屏开心。但是东屏始终神游于九天之外，完全心不在焉。

等东屏刚送走雨熙，老胡的电话就在意料之中打了进来。"小许啊，今天怎么回事啊，跌得很凶啊！是不是发生什么事情了？"

东屏不想让老胡为自己的那笔借款担心，装作若无其事的样子，"没事，前一阵子涨得太厉害，今天做个调整，过几天还是要往上走的。"

老胡有些怀疑，"真没事吗？你们集团可够辣手的，调整直接砸个跌停板，你知道我今天一天损失了多少吗？"

"你那么有钱，应该也不在乎吧，"东屏讽刺道，"做股票哪有只允许涨不允许跌的？"

"你知道什么啊！我的钱也有不少是别人的。干我们这行的,谁会只用自己的钱在转啊？还不是你借我、我借你的。你小子如果有什么情况,一定要第一时间告诉我。这事如果搞砸了,可不只有我一个人找你麻烦。"老胡不自觉地用起了威胁的口吻,东屏却觉得听着很习惯。

"我自己也买了,总不见得会坑自己吧。你现在还赚了不少吧。其他的不好说,反正我要抛的时候,会第一时间告诉你。到时候你抛不抛就不管我事了。"东屏心想,老胡的成本应该和自己差不多,甚至有可能更低。只要自己还赚着钱,老胡就不可能亏。

东屏的直觉告诉他,银通集团肯定是背叛了创先集团,提前出货了。这样自己就没有必要再和创先集团绑在一条船上共进退了。他暗自计划着,如果明天668能够有一个小反弹,涨回来2%到3%,自己就先全清仓,然后给老胡发一个短消息通知他。

"行,只要你卖的时候通知我,后面是涨是跌就和你没关系了。不说了,我挂了。"

第二天开盘后,668便像被霜打蔫了的茄子,缓缓一路阴跌。东屏心急火燎,又不能表现出来,怕被老刘和李振亚看出端倪。如果在这个价位全部抛出手上的668,东屏还是略有小赚,但他又十分不甘心。犹豫之间,到中午收盘的时候668的股价已经跌到20元以下了。

不知道是否是因为身经百战的缘故,老刘一直不露声色地看着大投影屏幕上668的实时走势。而李振亚天性冷漠,也是一副事不关己的表情。"赵总说了,这几天按兵不动,等他回来再说。"中午休市的时候,李振亚又重复了一遍赵先的命令。

等到下午开盘,668干脆来了个"飞流直下三千尺",空方把上午散户们挂出的买单一口气全部吃掉,股价又直接砸在了第二个跌停板上。东屏无力地坐在了靠背椅上,呆呆地看着投影屏幕,十分懊悔上午没有及时锁定利润。按照668下午收盘时候的股价,去除借款的本金和利息,东屏已经无利可图。更何况明天还不知道668会是如何一个走势,东屏心乱如麻。

傍晚6点一过,老胡的电话又如期而至:"许东屏,668怎么回事?连续两个跌停?你不会已经跑了吧?"

"怎么可能?我说过的话肯定算数,如果我要抛,第一个通知的人就是你,"东屏尽量使自己的语气保持平缓,仿佛一切尽在掌握,"之前拉升得太快,我们集团要调整一下668的技术形态……"

"你可不要糊弄我,当我不懂股票是吧?有这样调整的么?"老胡又是接连几个反问句。

"集团的操盘手就是喜欢这么操作,我有什么办法?"东屏回应道,心想一定要稳住老胡,"你放心吧,我们不可能让自己亏钱的。过几天我们自己还要买一些筹码回来的,这两天你就忍一忍。"

"那你告诉我,这波668要跌到多少钱?我也好和我的合作伙伴们打个招呼。"

东屏心里迅速计算了一下,老胡的成本也应该是17元左右,便说:"大约17元吧,然后我们还要拉升。"

"能拉到多少?"老胡依旧不依不饶。

"至少35元,这是最低的目标位。"东屏信口开河,"你要是不放心,明天就抛了吧,反正你还是赚钱的。"

老胡听出了东屏用了反将之计,一时语塞,停顿了半天回答道,"也是,我以前也说过,你不会让我亏钱的,希望你牢记这句话。说实话,我也不怕你跑,如果你跑了,我就找你那个小骚货,把她抓来为我打工还债。"

东屏一时没反应过来,"你说谁?"

"那个叫雨熙的呗,就是你的担保人兼姘头!"

"老胡你不要乱说话!"东屏非常生气,"那是我女朋友!"

"女朋友?"老胡在电话那头嘿嘿地笑了起来,"女朋友就女朋友吧,女朋友更好,你也不希望她出事吧。"

"我警告你,你不要乱来哦。"东屏语气激动起来,提高了声调。但老胡似乎不以为然,"乱不乱来取决于你的668,别忘了,我还是你债主,说话客气点!"说完,没等东屏回应,老胡便挂断了电话。

回家后,东屏给自己泡了碗方便面,就当作晚饭草草应付了。然后,他给自己泡了杯咖啡,坐到了电脑桌前,点击了西方财经网,登陆了"668分析员"的账号。668跌成这样,在集团毫无作为的情况下,能否用自己在股吧里"股神"的荣誉一挽狂澜,成败就看今晚了,东屏暗自下定了决心。

不出所料,股吧里哀鸿遍野。东屏看了看帖子的标题:

"668多头遭遇连续两天血洗,或隐瞒黑天鹅事件!"

"别的股票涨668却在跌,高管们可以切腹了!"

"668无良黑庄黑心黑肺,散户们别再为他们抬轿子了!"

……

东屏无意中还看到"龙五"也发了个分析帖:"668连续两个跌停板,连续跌破5日均线和10日均线,而且向下完全没有支撑。如果明天有效击穿30日均线的话,668将会走上漫漫熊途。"

这个"龙五",一直是逆向思维的,东屏原本还指望他能够鼓舞下士气,没想到他也是看空的。东屏想了下,给简宁打了个电话:"简宁,我是东屏。你在家吗?"

"在啊。"简宁有些茫然地回答道。

"一会儿有空,上一下西方财经网,发帖。"

"哦,怎么说?"

东屏想了想,"刚才老刘给我来电话,说让我适当发表些看涨668的言论。我想你一起来配合我一下。"

简宁此刻正坐在电脑面前,开着"大聪明"股票分析软件研究着股票。"好啊,没问题,我现在就可以上网。"说着,简宁也打开了西方财经网,登陆了"御弟哥哥"的账号。

有了后援,东屏感觉自己底气又充足了一些。根据当天上午韩炯的调查结果,668大股东持有的股票仍旧处于质押状态,无法抛售。其他主要"小非"股东也没有抛售手中的668股票。创先集团在赵先回来之前,是不会有任何买入或者卖出的动作的。而根据之前几天的交易量,银通集团所持有668数量也应该剩余不多了。

"来吧,让我率领这些小米加步枪的小散户们,和银通集团这样的正规军决一雌雄吧!"东屏双眼放光,紧盯着电脑屏幕,点击了"发表新帖":

"黎明的曙光就在前方,光明与黑暗的最后一战:

668的弟兄们,前段日子我们顺风顺水,打得空头满地找牙。但空军绝对不甘心就这么被消灭掉的,这两天就是空头最后一次的反扑。虽然看起来穷凶极恶,但是势必淹没在人民战争的汪洋大海之中。隆隆的战鼓声再次响起,千百万弟兄又和你并肩站在了这个牛熊对决的战场上。让我们一鼓作气,彻底打败空军垂死前的反扑,把你的名字留在668的史册上。"

这段文案是东屏深思熟虑过的。技术分析并不是东屏的强项,很容易被看空的股民反驳,自己的优势是许多股民对自己的盲目崇拜和无条件的信任。所以,喊口号要比做技术分析有效得多。果不其然,1分钟过后,东屏这个帖子后面的跟帖超过4页:

"股神回来了!"

"干死做空的!"

"668必涨!"

……

简宁看到了东屏的新帖,赶忙用"御弟哥哥"在后面跟帖:"668目标50元,后面保持队形!"

"668目标50元,后面保持队形!"

"668目标50元，后面保持队形！"

"668目标50元，后面保持队形！"

"668目标50元，后面保持队形！"

……

一时间668股吧里好不热闹，而且跟帖的股民们刷屏非常有气势，东屏心里非常得意。简宁觉得很好玩，但是又有些怀疑：这样有用吗？就靠这样的喊口号，明天668就能反转吗？

过了一会儿，东屏刷新了页面，看到"龙五"发了个新帖："跌到12元，用时间和事实来证明吧：

真是可笑，在这种技术指标下，还谈什么消灭空军的最后一战。我看是消灭多军的最后一战吧。留得青山在、不愁没柴烧，保存实力是王道。"

东屏正在兴头上，想也没想就回复了"龙五"这个帖子，"这个是狗庄的托！"

立刻，无数的唾沫口水涌向了"龙五"：

"龙五，滚出668股吧！"

"龙五全家得癌症！"

"做空军托的不得好死！"

……

"御弟哥哥"则继续吹捧着"668分析员"："跟着大神有肉吃，跟着大神有房住，跟着大神有女人睡……"东屏看到觉得好笑，心想简宁平日里那么正经的一个人，怎么说起肉麻的话来恬不知耻。股吧里的舆论呈现一边倒的局势，东屏趁势又发了一个新帖:"明天,吹响总攻的号角,我已准备好了巨量资金,明天空头送多少肉我就吃多少!"

这时,东屏的手机铃声突然响了起来。东屏拿起手机一看,居然是李振亚的来电。这女人这么晚打电话给我做什么?东屏有些疑惑,按了接听键。手机中立刻传来了李振亚大声呵斥的声音:"许东屏,你在胡闹些什么?!"

"我,我怎么了?"东屏有些丈二和尚摸不着头脑。

"谁允许你在股吧里面发言号召股民们明天买入668的?"李振亚在电话那头大声质问道。

东屏一时语塞,不知如何回答。她是怎么知道的?东屏心里充满了疑惑,难道李振亚一直在股吧里监视着自己?"赵总不是说过,在他回来之前不能有任何动作么?"李振亚继续斥责着东屏。

"我以为赵总的意思是不能买也不能卖,他并没有说不能到网上发言啊。"东屏无力地解释着,"我也是想为集团做点贡献啊。老刘不是说要把668的股价拉升到25元么,你看现在差距有多大。我不就是想让散户们进来抬抬轿子么?"

"情况已经发生了变化。东屏我和你说,我们已经确认是银通集团在出货了,现在我们与银通集团的联盟已经瓦解,所以整个操盘规划也跟着改变了。你现在的所作所为,是在破坏整个集团的计划!"

东屏隐约听出了点希望,"你是说集团还是准备继续坐庄668的?"

"这个现在还不能告诉你!"李振亚斩钉截铁地说道,"但是许东屏,从现在开始,你不准在668的股吧里发表任何言论,其他的股票论坛也不允许,清楚了么?"

"这是赵总的意思么?"东屏还不放心,紧接着问道。

"赵总现在还不知道你的所作所为,但是我的意思就是赵总的意思。你难道想违抗集团的命令?"

"不敢,我知道错了,"东屏立刻服软,但是心里掠过一丝安慰,因为李振亚的表态中,明显透露着集团有着更进一步的计划,不会坐视668下跌不管。"振亚,有件事情求求你,我今天发帖的事情能不能不和赵总说?"

"再说吧。不过你也太天真了,你以为就凭几个股民吹捧你为'股神',你就可以为所欲为了?就可以和庄家对抗了?我告诉你,如果明天开盘的时候,668的股价再往下砸一砸,今天你这些追随者们,肯定会弃你于不顾,把手上的668抛出来的。"

"好好好,我一定不再发言了。振亚,我就全拜托你了!我进公司时间也不算长,很多规矩不懂,你多多担待,以后你有什么事情,我愿意效犬马之力!"

李振亚沉默了一会儿。东屏想了想,又说道,"振亚,你也在股吧里吧,你可以看到我以前一直是严格按照集团的指示发帖的。今天是情况紧急,我也是一时糊涂……"

"好了,别再说了!"李振亚打断了他,"其实,我就是'龙五',你以后跟着我的意思发帖就是了。"

东屏惊呆了,原来李振亚就是股吧里的那个"龙五",自己还一直以为"龙五"是个男人。不过也只有李振亚这样的男人婆，才会起"龙五"这样一个男性化的网名。这样一切的疑团都解开了。看来集团并不相信自己的能力，说是说让自己和简宁负责配合网上的舆论工作，但暗地里派李振亚来监视自己。

挂断电话后，东屏给简宁发了条短信，提示简宁不要再发言了。简宁看到短信后，以为是集团的意思，便又把电脑界面调回了之前的"大聪明"股票分析软件，研究了起来。

这时，简宁的母亲端着满满一盆切好的苹果片走进了房间，放到了简宁的桌上。"简宁啊，这么晚了，还在看股票啊？"

"嗯，我现在越来越觉得这份工作很有意思。"

"你喜欢就好。不过身体是革命的本钱，你也不要太累了。"简宁母亲关切地说道。

"知道了啦，"简宁拖长了音调，"妈，跟你商量一个事情，能不能借我点钱？"

简宁的母亲愣了一下，"跟我有什么好说借的。你要钱做什么？"

简宁指了指屏幕，"我最近看了很多书，自己也想尝试下独立做股票，看看自己的判断对不对。这个股票我认为价值投资的机会很大，可以尝试下。"

简宁的母亲顺着他的手指望了过去，屏幕上赫然显现着四个大字"上海家化"。

（十七）
叛　徒

几天后，创先集团召开特别会议，所有参与"668作战计划"的人员都必须参加。当简宁赶到了震旦大厦集团总部的大会议室时，许久未露面的赵先已经坐在主位上等着所有人就座。赵先左手边坐着他的亲信、集团的行政管理总监王风，正看着手上拿着的一些文件资料。而赵先的右手边，坐着一位身穿西装、带着黑框眼镜、面容沉静的中年男子。中年男子抬头看了简宁一眼，嘴角微微上翘，目光中带有和善的笑容。简宁不由自主地报以微笑，随后走到大会议桌的末端找了个椅子坐了下来。

东屏很早就到了大会议室，正好坐在了简宁的对面。他俩对视一眼，算是打了招呼，同时感觉到了会议室中不同寻常的气氛。老刘坐在中年男子的旁边，不时地用眼角瞟着中年男子，仿佛在揣摩他的心思。王风的另一边，则依次坐着李振亚、郎英俊等人，都是一副心事重重的样子。

赵先看了看手表，直起身子端坐起来，"好了，开始开会吧。先给大家介绍一下,这位是我经常提到的义石律师事务所的周律师。你们中的有些人以前见过周律师,有些应该是第一次见。周律师是我们集团的常年法律顾问,对集团的情况很了解,也帮过我们不少忙。"

周律师环顾了下众人,简单地点了点头。当他看到老刘的时候,简宁看到他又微笑了一下,老刘也笑了起来,"见过好几次了,老朋友了。"

"今天把周律师请来,是因为集团有一个重要决定要告诉大家。"赵先停顿了一下,看了一下所有人的表情,然后缓缓地说,"你们中有人让我很失望。集团三令五申不允许员工对集团操盘的股票开'老鼠仓'。可就是有人胆大妄为,置集团利益于不顾,私自借用其他人的账号买卖668的股票。"

听到这话,东屏心里一抽,脑袋上直冒冷汗,不敢去看赵先。难道是自己借用雨熙的账号买卖668股票的事情被集团发现了?他仔细一想,也许是前几天自己在668的股吧里号召散户们买入668的事情,暴露了自己可能持有668的股票,露了马脚。想到这里,东屏紧握双拳,不住地颤抖,一时之间心烦意乱,想不出办法。

简宁也有些意外。他原以为今天开会是讨论668下一步的操盘计划,没想到一开始居然是在抓吃里扒外的"老鼠仓"。不过,这样律师出场也就在情理之中了。对于利用集团坐庄的机会,自己买卖668谋利的想法,也曾经在简宁的脑海里一闪而过,但他从未细想过是否真的可以实施。简宁抬眼看了下东屏,观察了东屏的表情,暗地里认为东屏是最可疑的人选。

"这个人很聪明,没有用自己的股票账户,也没有用自己亲属的股票账户。而是用了一个朋友的股票账户。"赵先继续说道,"他以为用了朋友的股票账户,就可以瞒天过海,集团就查不到了?"

东屏的呼吸越发急促,恨不得找个地缝钻进去。他感到似乎所有人都在看自己,所有人都知道这个开"老鼠仓"的人就是自己,所有人都在心中嘲笑自己有多么的不小心。自己在创先集团的职业生涯到今天为止就要结束了,明天又要出去找工作了。

按照现在668的股价,雨熙账户里的市值也就只够偿还欠老胡的本金和利息了,之后668会怎样走完全不在自己知晓的范畴内。怎么办?怎么办?怎么办?东屏感到心脏就像被钝刀割过一样痛如刀绞。

赵先的声音又传了过来:"我现在给这个人一次机会,如果他自己主动承认,并把利用'老鼠仓'赚的钱还给集团的话,我可以考虑从轻处理。"听到这句话,东屏仿佛是看到一根救命稻草,不由自主地抬起头,向赵先看去。但赵先并没有看任何人,双眼低垂看着自己的茶杯,一副胸有成竹的样子。东屏又看了一眼周律师,周律师脸上挂着无法捉摸的微笑,让人无法揣摩。

一种奇怪的感觉从东屏的心底涌了上来。也许赵先是在演戏,集团并不知道是谁开了"老鼠仓",而只是有所怀疑,想用这种方法查明情况。如果自己交代了,就算赵先不开除自己,以后在集团也不会有所重用了,而且在同事面前也抬不起头。但是如果不交代,结果会怎样呢?只是开除这么简单么?各种想法在东屏心中纠缠在一起,东屏感到自己的头快炸裂了。

会议室中沉默了几分钟,每个人都面色沉重。简宁虽然知道自己是清白的,但仍旧感到神经紧张,不断地咽着口水。郎英俊耷拉着脑袋,完全没了平日里自信满满的样子,偶尔会咬一下嘴唇。李振亚依旧面如冰霜,一动不动地看着自己面前的手提电脑。

又过了几分钟,赵先打破了寂静,转过脸对着周律师说道,"周律师,接下去你来说吧。"周律师把眼镜往上推了推,突然面向老刘,严厉地说,"老刘,祝道和这个人你一定认识吧!"

老刘听到这个名字后,身体一个哆嗦,不自觉地往后靠了靠:"祝……道……和?"

周律师不以为然地笑了笑:"祝道和,你以前的邻居,也是你的牌友,现在是一个家居装修公司的设计总监。"

"对,我认识,他怎么了?"

"这个祝道和,在668股价只有10元左右的时候,买入了70万股,然后在23.50元的时候,精准地全部抛出了。全部盈利在950万元不到一些。"周律师淡淡地说道。所有人的目光集中在老刘脸上。

老刘长长地吸了口气,尽量平复下自己的情绪,然后解释道:"赵总,实在对不起,这件事情你们不说我也忘了。我之前有一次和老祝吃饭，酒喝多了，他让我推荐个股票，我就推荐了668……这件事情是我错了，我也是无心的，没想到老祝这么狠，一下子居然敢买这么多！"

周律师依旧不为所动，双目中依旧透露着和善的笑容，但简宁却觉得有些不寒而栗："老刘，祝道和在前两天，往你工商银行的卡号上汇了900万元吧。这件事情，你不会不知道吧。至于剩下的钱，是你利用祝道和账户做'老鼠仓'的感谢费吧。"

老刘心中又是一惊，知道也瞒不住了，但仍旧要做困兽之斗："周律师，我们也认识很久了，我老刘是怎样的人你应该清楚，你不要血口喷人！你有证据么？"

周律师突然正色道，"祝道和的股票交易记录我们已经拿到。至于你的银行账号么，你应该知道央行有朋友的话也很容易查清楚。既然我今天坐在这里，当着这么多人的面说话，就不会诬陷你。"

"你们这些都只是猜测。我告诉你们，这都是巧合，我错就错在不小心向老祝推荐了668。至于他汇给我钱，是……是……我问他借的买房款，和集团无关。如果赵总你觉得我之前没有操作好668，想赶我走，完全没有必要找这种理由。我现在就申请辞职！"

简宁觉得老刘一下子变了一个人。之前老刘是绝对不会出言直接对抗赵先的。而东屏则长长地舒了口气，原来公司所查到的"老鼠仓"并不是自己，同时也很佩服老刘能够随机应变找出一个"借的买房款"的理由。

赵先冷冷地看了老刘一眼,"老刘,你的问题不止是'老鼠仓'!"

"对!"周律师接口道,说了一句让所有在场的人震惊的话:"对,老刘,你是银通集团安插在创先集团的'内鬼'!"

这句话一下子让会议室里炸开了锅,简宁和东屏两人面面相觑,不知说什么才好。其他人有的交头接耳,有的则有点不敢相信地望着周律师。周律师等房间里稍微安静了会儿,缓缓地说道,"老刘,我顺便也查了一下你夫人的银行账号。有一家公司最近给你夫人的账号里汇入了500万人民币,这家公司我调查下来是银通集团的关联企业。"

老刘"哼"了一声,说道:"欲加之罪,何患无辞。我难道不能有一些其他方面的投资收益吗?"

这时候,李振亚开口了:"老刘,亏集团这么信任你,让你来操盘668。其实前两天我就怀疑你了。668两个跌停板之前,成交量和股价的走势就非常奇怪,我当时觉得以你的能力,怎么会看不出有大机构在出货呢?而且第一个跌停板的当天,你居然连续四次冲击23.50的技术指标位,完全不像你平时保守的操盘风格。现在看来,你是被银通集团收买了,利用我们创先集团的资金,在配合银通集团卖出668!"

"你们现在说什么都行!"老刘两手一摊,一副死猪不怕开水烫的样子,"赵先,你想怎么样吧?"

赵先挥了挥手,示意在座的所有人保持安静,"老刘,我待你一直不薄。集团现在发展很快,迟早是要分拆业务的。我以前也说过,二级市场操盘的这块业务,很有可能是要交给你完全负责的。但是实在没想到,你会背叛集团,你这么做对得起自己的良心么?!"

老刘摇了摇头,大声反驳道:"赵先,你就不要再立牌坊了。我们大家心里都清楚,证监会对于操纵股市的行为查得越来越严,以后这块业务会越来越难做。你先把这块业务分拆出去,然后再让我负责,不就是在万一有黑锅的时候想让我背么?再说,你话说得好听,买房子缺钱可以问你借。借算什么?是要还的!而且另外还必须为你打工不知道多少年。人家兰总比你大方得多。你可以打听打听,银通集团都是直接给员工买房的。"

赵先愣了一下,然后无奈地笑了笑,轻声地自言自语道:"果然是人为财死、鸟为食亡啊。"

老刘站了起来,"赵先,多说无益。你放心,集团做的事情我也不会对外说的,直接办手续吧。"

赵先头也没抬,一言不发。周律师也站了起来,脸上依旧带着温和的笑容,拍了拍老刘的肩膀。老刘一挥手把周律师的手挡开。王风也随即站了起来,三人一起走出了会议室。

会议室里又恢复了安静,谁也不说话,都等着赵先下一步的指示。赵先清了清嗓子,喝了口茶,从容不迫地说道:"在座的各位,都是集团的精英,也都是集团愿意相信的人。老刘的事情,我也不会单凭几个银行汇款记录来草率判断,确实是有确凿的依据,现在还不方便告诉大家。希望大家以老刘为鉴,不要辜负了集团的信任。下面,由振亚来说说我们下一步的计划。"

李振亚点点头,"银通集团前些日子给我们的保证金票据,并不是银行承兑汇票,而是商业承兑汇票,并且是其他公司背书给银通集团的。票面本身很正常,所以一开始我们验票的时候没有发现问题。但是最近调查发现,这张票据的出票人经营上遇到了大麻烦,所以实际兑现已无可能。但是这无关紧要,因为我们事先已经得到了银通集团可能背叛我们,提前抛售668股票的消息。"

又是一个重磅消息。简宁隐约感觉到,那天早上在震旦大厦楼下遇到寻找赵先的陈美丽,可能和创先集团提前得知这个消息有关。看来,银通集团提前出货,并不在赵先的意料之外。怪不得赵先这几天都不在,李振亚也没有流露出特别着急的情绪,看来他们是稳坐钓鱼台啊。

"因此,经过集团领导的研究,我们决定自己单独来操盘668。这件事情没有事先和大家打招呼,是因为担心提前泄露了风声。对于银通集团的提前出货,668的大股东也非常生气,因为这违背了银通集团对于668大股东所做出的承诺。我们已经和668的大股东沟通好,他们会继续配合我们坐庄668。"

会议室里的众人听到这个消息,都松了一口气。郎英俊想了想,问道:"现在668的大部分筹码,应该都在我们的控制中了。但是我们接盘的价位太高,如果继续拉升668的股价,所需要的资金量巨大⋯⋯"

"这个你放心,前几天赵总就是去落实资金方面的问题。我们现在有足够的实力,让668的股价再翻上3倍。"

东屏心里顿时乐开了花，还好之前自己并没有抛出雨熙账户中的股票，看来老天并没有抛弃自己。并且看样子，集团也并不知道自己利用雨熙的股票账户进行"老鼠仓"操作的事情。赵先指了下郎英俊："Michael，银通集团那里你是不可能再去了。我考虑，接下去668的具体操盘工作，就交给你了。韩炯、洪伟几个会配合你。"

郎英俊脸色发红，有些不好意思地说，"赵总，我之前在银通集团那么久，都没有发现银通集团在偷偷出货，给集团造成了如此不利的局面。您现在还把这么重要的工作交给我，我实在是……"

赵先打断了他，"Michael，不要多说了，这是给你将功赎过的机会。我相信你的操盘技术，应该不会比老刘差吧！"

这时，有人敲了敲大会议室的门，王风从门缝中露出半张脸来，"赵总，您能不能来一下？"

赵先走了过去，两人在门口低声耳语了几句。随后，赵先回过头对简宁说，"小陆，你来一下，和王总监去接待几个人。"

简宁随王风来到集团的另一个小会议室。推门进去后，简宁看到两个身穿深蓝色警服的男子，正坐在会议桌旁边。简宁有些丈二和尚摸不着头脑，看了眼王风，希望从王风的脸上得到答案。王风则摇了摇头，暗示自己也什么情况都不清楚，然后拉着简宁坐到了两位警官的对面。

这时，其中一位年龄较长、发鬓有些斑白的警官开口了："你就是陆简宁吧？"

简宁点点头。

"我们是公安局刑侦大队的。我姓马,这位是我的同事吴警官。"说着马警官把自己的警员证在简宁和王风面前一晃而过,快得让简宁都无法看清楚证件上的名字和照片。"今天到这里来,是需要你和我们一起回去协助调查一起案件。"

"马警官,我们能不能知道是什么案件?"王风满脸堆笑,但还是能看出有些紧张。

"这个陆简宁去了就知道了。"

王风有些好奇地看着简宁,像是在询问简宁到底做了什么。简宁突然说,"我可不可以不去,就在这里做调查好了。"

"希望你配合我们的工作。"马警官依旧和颜悦色。王风看出来,似乎并不是简宁做了什么坏事,便对简宁说,"我看马警官叫你去,也只是配合做调查,我陪你一起去就是了。"

"你要知道,如果不配合,必要情况下我们可以采取强制手段!"旁边年轻的吴警官有些沉不住气了,狠狠地瞪了简宁一眼。

简宁低下头,嘟嘟囔囔地说:"这不是还没有不配合么?我又没干坏事,凭什么你们让我去我就得去啊?你们让我配合调查,我至少要知道下原因吧。"

王风有些惊讶,平日里看上去挺老实的简宁居然敢顶撞警官。马警官是个老江湖,倒也没生气,笑了笑,拿出一张照片递到简宁面前:"这个女人你见过吧?"

照片中间,陈美丽睁大了双眼,似笑非笑地看着简宁。

（十八）调查

过了刑侦大队的安全门，简宁被带到了马警官的办公室。办公室里的装修十分朴素，摆放着三张办公桌和几个木椅，靠墙还竖着几个铁皮柜子。简宁先前紧张的情绪有所缓和，不住地四处打量着。马警官看到了简宁狐疑的神情，笑了笑："怎么？和想象中的有些不一样吧？"

"是不太一样。我看电视里，都是那种有铁栏杆的，会将我和你们分开，我一个人坐在铁栏杆外，你们坐在铁栏杆里面做调查的房间。"

"那个是审讯室，我们今天找你来只是做个调查笔录。"吴警官拖来一个椅子，放到一张办公桌的旁边，示意简宁坐下。简宁回头看了看，"王总监呢？"

"他不是调查对象，不能进来，我让他在外面等着了。"马警官在办公桌前的椅子上坐了下来。吴警官坐在他对面的办公桌前，打开电脑，准备记录起来。

"照片中的女人你认识吧？"马警官又把照片拿了出来，

放到了简宁的面前。

"嗯,认识,叫陈美丽。"简宁拘谨地并拢了双腿,一板一眼地回答道,生怕说错了什么。

"除了陈美丽,你还知道她有什么其他名字么?"马警官直视着简宁,仿佛要看穿他的心思。简宁慌忙避开了他的视线。这个问题在走进刑侦大队的时候简宁已经预想过了,也权衡了几种回答方式的后果。"她可能还姓黄。"

"可能?"

"嗯,我也不确定。我们公司的领导经常会让我送一些东西给她,用大信封包着。信封上写的是黄小姐,我送东西的时候也叫她黄小姐。"简宁决定还是实话实说。

"你们哪一个领导?"

"就是我的老板,赵先。"说到赵先名字的时候,简宁背上似乎感到了赵先压迫式的气场,不自觉地放低了声音。

"那信封中是什么你知道么?"

"不知道。"简宁摇了摇头,他注意到这时马警官和吴警官互相交换了个眼神。马警官接着问道,"那你又怎么知道她叫陈美丽的?"

简宁耸了耸肩,"我在其他场合也遇到过她。在那里她叫陈美丽,别人都叫她美丽姐啊。"简宁已经猜到,她真名应该姓黄,而陈美丽只是她在风月场所用的化名。

"什么场合,说清楚一点。"吴警官一边记录一边问道。

"君丽夜总会。"

之后马警官又问了一些简宁所知道的陈美丽的情况,简宁也尽可能详尽地给予回答。随后马警官话锋一转,突然问道:"你能详细说一下最后一次给黄若琳,也就是陈美丽送信封那一晚的情况么?"

"黄若琳?"

"嗯,那是陈美丽的真名。"

那个寒夜,莫名的焦躁、短暂的惶恐、隐约的不安,当时的各种情绪又涌向简宁的心头。走廊窗外凄惨撕裂的风声,仿佛又在简宁耳边响起。生命中某些短暂的片段,某些有意无意的片段,某些原以为不会停留的片段,在回忆的长廊里再次飘扬,竟然发现是命中注定的不可承受。

等听完简宁的陈述,马警官沉思了一会儿,抬头问道:"那晚,你有注意到什么特别的情况吗?"

"特别的?您指哪方面?"简宁有些不解。

"嗯,怎么说呢?随便什么,与以前你送信封的时候感觉不一样的地方。"

简宁摇了摇头,"没有,我在电梯走廊里等了一会儿,时间不长。就感觉有些阴冷吧,好像什么也没发生过。"

"哦,好吧,一会儿吴警官把笔录打印出来,你看看如果没问题就签字吧。"简宁看出马警官有些失望,于是问道:"这个黄若琳犯了什么事情么?如果您方便告诉我,我还能想起点什么。"

马警官深深地看了简宁一眼,简宁的眼神里充满了真诚和好奇。"嗯,告诉你也没关系,你回去后再回忆回忆,看看有什么补充的线索。照片里的黄若琳,她过世了。"

"过世了?!"简宁睁大了眼睛,一脸震惊,说话也有些结结巴巴起来,"这,这也太突然了吧。但是,如果能够让你们刑侦大队介入,难道……难道是……"

"嗯,从案发现场情况来看,可以肯定是谋杀。"马警官表情严肃。

"谋杀?!什么时候的事情?"

"经过法医的初步判断,就是你最后送信封的那天,死在了家中。我们调取了小区的监控录像,发现你当天晚上曾经去过黄若琳的家,但是因为无人开门所以离开了。因此我们找你来协助调查。"

简宁闭上了双眼,咬紧了嘴唇。马警官有些理解简宁,一个生活中曾经出现的人,就这样在自己的世界里消失了,换了谁也是无法马上接受的。他拍了拍简宁的肩膀,"今天调查的内容暂时不要和任何人说,包括在外面的王总监。如果你们公司的人一定要问,就说是我说的,必须保密,不然要承担法律责任的。你回去后再想想,有什么新的线索,可以立刻和我联系。"随后马警找了一张白纸,写上了自己的电话号码,递给了简宁。

简宁有些失魂落魄,茫然地把纸放进了自己的口袋,连再见也没有说,径直走出了办公室。

～～～～～～～～～～～～

黄浦江两岸的工地上,土方车、混凝土搅拌车来回穿梭。工程建设者们挥汗如雨,为第二年即将举办的上海世博会全力奋斗着。所到之处,听到的是机械轰鸣,看到的是电焊弧光。整个场面如火如荼，一切都在计划之中。

创先集团单独操盘以后的"668作战计划"，也按部就班地实施起来。赵先安排的巨量资金三日内全部到位，郎英俊采取了创先集团惯常的慢牛手法，开始慢慢拉升668的股价。大股东也继续配合公告利好消息，相关证券公司也都将668的评级调整为增持。一个月后，668的股价又回到了23元以上。

似乎一切都在意料之中。

这天下午临近股市收盘，简宁懒洋洋地坐在散户交易大厅里，看着王阿婆、老余和另外几个人围坐在一起打着扑克。大盘已经完全走出了底部区域，每个人都很乐观。毕竟上证指数是从6000多点跌下来的，就算是反弹也至少应该到3500点吧，几乎所有的人都这么想。王阿婆听从老余的意见，也买了点795，小赚了一把，和老余的关系立马升温到沸腾热水，就像亲人一般。简宁并不关心668最后的结局，偶尔看一眼自己买的上海家化，走势良好，似乎可以长线持有。

"老余，你的底牌又归我啦！"阿根嗓音尖锐，听着有些刺耳，"果然是股场得意、牌场失意啊！"简宁伸过头仔细一看，阿根的一对将牌压在了老余的一对老K上，老余的8张底牌被阿根摊了出来，"哈哈，底里有分，我们跳级了！"

"唉，手气背，坐庄连将牌都没有。阿根你不也买了许多795，还不是我推荐给你的，怎么我的牌就会比你差许多呢？好人难做啊！"老余连声叹气。

王阿婆眉开眼笑,"老余,我是宁可牌臭点,股票好点。牌越臭,股票越好!"简宁心想这是什么乱七八糟的逻辑啊,便说道,"那以后打牌你们不就变成了比谁输得多么?"

"只要股票好,输赢都无所谓,反正不来钱!"另外一个人看了简宁一眼,对简宁的话不以为然。

王阿婆转过身子来,"小陆,一会儿收盘后先别急着走。"

"哦,有什么事?"因为最近操盘668比较顺利的关系,东屏也回到了龙海证券的大户室,完成集团安排的最后几个月"实习期"。简宁准备收市以后,像往常一样和东屏会合,一起坐地铁回公司。"我可能等不了太长时间。"

王阿婆露出了期盼的神色,笑容满面,"一会儿我孙女要来,我想你们认识一下。你们年纪差不了多少,说不定谈得来。"

"王阿婆,你这是要撮合小陆和你孙女啊!"老余哈哈大笑起来,"果然是肥水不流外人田。小陆长得挺秀气的,人也聪明。王阿婆,你知道吗,小陆的668一直没抛,到现在可是翻了一倍多了。我看他发展下去,说不定以后可以搬到楼上的大户室哦。"

"你不说话会死啊!"王阿婆狠狠地瞪了老余一眼。668是她心中永远的痛,平日里简宁一直很注意不去提668。随即王阿婆又转过头来,像是川剧变脸般地瞬间朝着简宁笑了起来,"小陆,我孙女很漂亮的,你一定要见见,阿婆不会骗你的。"

众人正说着,一个清脆的声音从远处飘来,"阿婆,我来了。"简宁觉得这声音有些熟悉,本能地转过头去,看到一个黄衣短发女子,提着两个塑料袋,匆匆朝着自己走来。黄衣女子看到简宁,一下子愣住了。虽然是素颜,但是简宁还是立即认出了自己面前站着的是在君丽夜总会认识的小美。

王阿婆看到小美,放下手上的牌站了起来,把简宁往小美身边推了推,"来,认识一下,这是小陆,陆简宁。"

小美立刻变了脸色,"阿婆,我们以前就认识的。"说着把手中的一个塑料袋塞进了王阿婆的手里,"这是我买的樱桃,你先带回家。我和小陆有些话说。"说完一把把简宁拽了过来,往外面走去。

简宁身不由主地跟着小美,就听到身后王阿婆有些惊讶的声音,"啊呀,这么巧……"小美没有回头,加快了步伐。

走出散户交易大厅,小美停下了脚步,深深吸了口气,转头望着简宁:"原来我阿婆偶尔会提到的小陆就是你,你不是在公司工作的么?怎么整天混在交易大厅里?"

简宁避开了小美的眼神,"这个也是集团安排的。我也没想到王阿婆的孙女就是你。上海看起来很大,其实很小,不是么?"

小美点点头。简宁指了指小美的头发问道,"什么时候剪短的?"

"其实一直是短发。之前有段时间,觉得长发好看,就去接了假头发。边走边说吧。"说着小美便提着剩下的一袋樱桃,迈开了脚步。

两人沿着江苏路慢悠悠地逛了起来。一时间谁也没有说话。简宁想起老余曾经提到过王阿婆儿子车祸的事情,便找了个话题:"你爸爸还好吧?"

"我爸爸?"

"嗯,我听说了你爸爸的事情。"

"对,他一直在家。一开始一直窝在家里闷闷不乐的,觉得自己是个废人,我们都很担心他。不过最近好许多了,街道居委会给他安排了一个停车场收费的工作,也不需要怎么走动,按按钮收收钱就可以了。只要是有了工作,他的心情就会好许多,而且居委会也承诺他可以一直做下去。"

"那就好。"

接着,小美便说起了自己家的往事。原来小美的父亲从云南回到上海以后,由于没有户口,工作也比较难找,头两年一直打着散工。后来,因为小美爷爷的朋友的帮忙,小美的父亲去了一家国营棉纺织厂做保安,算是稳定了下来。可是没过几年,这家棉纺织厂因为经营不善而面临倒闭,小美父亲也被迫下岗了。但是令人意想不到的是,下岗反而成了小美父亲人生中的一个契机。小美父亲在一个建筑工地找到了工作,成了一名电焊工,并考出了相关的资质。

"那两年,我们的家庭条件略微有些好转。我爸爸当时一直说,上海要造许多高楼的,做他这行一定可以做到退休。"小美幽幽地说道。幸福有时候实在太短暂,正当小美一家人终于有了对未来的期望的时候,小美的父亲遭遇了车祸。

"所以你就到君丽夜总会工作了?"

"嗯,一方面工作确实难找,另一方面家里也需要钱。爸爸出车祸的时候,包工头垫了两万元钱,之后就消失不见了。我阿婆有些积蓄,大部分付了药费,剩下的总要给她养老吧。她总想从股票里赚一点,可是越做越亏。"

"要早知道这些事情,我应该给王阿婆点消息,让她赚点钱的。"

小美冷冷地笑了笑,"得了吧,消息也未必准的。以前美丽姐也告诉过我一个股票,说有庄家会涨的。我也告诉了我阿婆,可是她不照样亏钱!"

简宁顿时恍然大悟,终于明白了王阿婆是怎么知道668有庄家操盘的。可惜,很多时候股票就像人生,虽然能够知道方向,但如果不能坚持到最后,就见不到最终想要的那个结果。

"其实想想,也没什么的,很多困难,熬一熬就会过去的。"小美看着前方,一脸倔强的表情,"这个城市里还是有很多比我们更苦的人,不是照样还活着么?"

简宁点点头,突然想起来一件事,便问小美:"那我如果下次遇到王阿婆,该怎么说我们是如何认识的呢?我们最好统一口径吧。"

"就说是朋友聚会的时候认识的吧,其他的事情,就让它随风而逝吧。"小美想也没想就说了出来。

"好,其他事情,就让它从我们的记忆中抹去吧。"简宁随声附和着。

这时,两人经过一个蓝色的彩票亭,小美停住了脚步,似乎在看中奖公告板上的数字。简宁有些好奇："你也买彩票？"

小美一扫之前的阴霾，阳光般的笑容又重回到她青春洋溢的脸上："简宁，1到33的数字里，选3个数字。"

"嗯？"简宁一时间没有反应过来，"……那就15、18、20好了。"

"那我还是选4、9、23，我们就试试今天的运气吧。"说着，小美走了过去，准备拿张投注条填写数字。这时，简宁看到东屏在远处朝自己挥着手，向自己走了过来。简宁也向东屏挥手回应着。

小美看到东屏，立刻欢快地跑了过去，"东屏，我买了你最喜欢吃的樱桃！"

东屏停了下来，接过小美手中的塑料袋，从里面拿出一颗，向简宁甩了甩，"怎么样，兄弟要不要来一颗尝尝。"但他发现简宁正瞪大了双眼，用异常震惊的眼神看着自己。

他转过头看着小美，小美也用同样震惊的眼神看着自己。东屏恍然想起来，刚才似乎是看到两人在一起说话。

"简宁、雨熙，你们是怎么认识的？"

(十九)
消 失

夜色中的巨鹿路安静而又神秘,很适合这座城市寂寞的青年男女偶尔排遣一下心中的惆怅。马路两旁各色酒吧鳞次栉比,酒吧招牌上闪烁的霓虹融合在幽暗的街景中,仿若夜空中忽隐忽现的星光。偶尔有一些站立不稳、互相依偎着的男女站在路边扬手招呼着的士,在醉意的空气中准备着另一个故事的开始。

虽然很远,但是一接到东屏的电话,简宁还是立刻赶到了 MIKA 酒吧。一路上,简宁不住地回忆自己、东屏、雨熙三人相遇时的那个情景,斟酌着自己当时的表现有无纰漏。当东屏问到自己和雨熙是怎么认识的时候,两人就如同事前的约定,异口同声地回答是朋友聚会的时候认识的。后来,雨熙又和东屏交代了几句话便离开了,自己和东屏也去坐地铁回到了公司。

小美是王阿婆的孙女已经让简宁很意外了,没想到小美还是东屏一直提到的女朋友雨熙,这让简宁更为震惊。不过,黄若琳可以用假名"陈美丽",雨熙也可以叫"小美",在娱乐场所上班都不会用真名,简宁仔细想想这也在情理之中。但是,东屏显然不知道雨熙是在君丽夜总会工作,如果知道,两人应该不会在一起了。俗话说"宁拆十座庙、不毁一桩婚",简宁决定将这个秘密永远地藏在心底。

这几天东屏都没有去公司,简宁有些担心,几次拿起手机想给东屏打电话,却又放弃了。白天在民泰证券,王阿婆多次旁敲侧击地询问简宁对雨熙有没有意思,都被简宁嘻嘻哈哈地糊弄过去了,似乎王阿婆也不知道雨熙的真实工作。简宁也打听了雨熙这几天的情况,王阿婆只是说还是老样子,没什么异常。

MIKA 酒吧的面积不大,装修也十分朴素。简宁推门进去的时候,女服务生正坐在吧台外的高脚椅上与年轻帅气的调酒师打情骂俏。酒吧里只有东屏一个客人,正耷拉着脑袋,坐在小圆桌旁喝着啤酒,一副无精打采的样子,桌上已经放着三四个空酒瓶。

简宁慢慢地走到东屏身边,找了个空椅坐了下来。东屏抬起头,疲惫地看着简宁,双眼布满血丝。简宁有些吃惊,"兄弟,这两天你去哪里了?"

东屏没有回答,长叹了一口气,举起手中的酒瓶灌了一大口。简宁闻到空气中飘来一股浓重的酒味。"别喝了!"简宁赶忙用一只手抓住东屏的手臂,另一只手抢过酒瓶,重重地按在了桌上。

"你别管我!"东屏推开了简宁,身体往后深深靠在了椅背上,仰头突然"啊"地叫了一声,像是一口气要把所有积压的愤怒宣泄出来。吧台边上的女服务生和调酒师被东屏的声音惊到,转头向他们看来。简宁赶快打了个手势,示意自己可以照顾东屏。

过了一会儿,看到东屏的情绪逐渐稳定下来,简宁也点了几瓶啤酒,自顾自地喝了起来。他知道,东屏把自己叫来,一定是有话想对自己说。果然,东屏用双手揉了揉自己的脸颊,似乎想让自己清醒一下,然后用一种奇怪的眼光看着简宁:"简宁,你进公司这段时间,我对你怎么样?"

"既然是兄弟,那还用说么?"简宁迅速地回答道。

"那好,"东屏的右手重重地拍在了简宁的肩膀上,"我也当你是兄弟。有件事情我要问你,你必须和我说实话,我相信你一定不会骗我!"

"你说,我一定知无不言。"简宁觉得肩膀隐隐作痛。

"你和雨熙到底是怎么认识的?"

简宁一脸茫然,"朋友聚会认识的啊,上次不说过了么?怎么又问这个,你不会是怀疑我和雨熙……"

"什么朋友聚会?"虽然东屏喝了酒,但是简宁仍旧感觉到东屏眼睛深处的寒意。

"一个玩杀人游戏的朋友圈,我不知道你会不会玩这个游戏。我有一个朋友,周末会定期组织活动。杀人游戏挺有意思的,挺锻炼人的逻辑推理能力的,我偶尔也会去。有一次活动的时候,就遇到了雨熙。不过,我真没想到她居然就是你的女朋友。"

"她经常去参加这种活动吗?"

简宁面不改色,很平静地说,"不知道,我只遇到过雨熙一次。兄弟,我和她也就是点头之交而已。"

"我没说你们之间有什么。"东屏摆了摆手,显得有些不耐烦,"你们那天是怎么会遇到的?"

简宁侧过脸,仿佛是在说一件很有意思的事情,"说来也真是巧。我以前有没有和你提到过在民泰证券遇到的一个叫王阿婆的人,和我关系很好的?我们一直在一起看股票的。那天王阿婆的孙女来给她送水果,没想到就是雨熙。我当时也很意外,后来我们就一起出来了。"

东屏睁大眼睛盯着简宁看了半天,似乎在确认简宁是否心虚。简宁笑了笑,"东屏,我也当你是兄弟。有什么我能帮忙的地方,尽管说出来。你突然问我这些话,是不是发生什么情况了?"

东屏又低下了头,突然哽咽了起来,"雨熙,雨熙她不见了。"

"不见了?"简宁大为惊讶,不自主地握紧了双拳,"怎么不见的?"

东屏摇了摇头,"几天没联系上了。头两天打电话一直是关机状态。今天干脆是停机了。"

"会不会出了什么意外啊,要不要报警?"

东屏冷冷地笑了起来,让简宁打了个哆嗦。"不用了,应该是她不想见我了。"东屏没有告诉简宁,在三人相遇的第二天,雨熙向证券公司要回了账号的密码,并把账户中的668

股票全部抛光了,然后将所有的钱款汇给了东屏。"我不知道她为什么这样,她有什么想法可以和我说啊。"

简宁无语了,雨熙一定是因为自己知道她的秘密,而自己又是东屏的朋友,因此觉得没有办法再和东屏继续谈恋爱了。与其担惊受怕,还不如就这样留一个完美的印象给对方后消失,雨熙大概是这么想的吧。

优雅清扬的音乐飘扬在 MIKA 酒吧的大堂内,两人又沉默地喝起酒来。简宁注意到,东屏的头发乱蓬蓬的,衣服也皱巴巴的,和他往常精致的打扮大相径庭。"你去找过她没有?"

东屏摇了摇头,咬了下嘴唇,"简宁,你知道雨熙是做什么的么?"

"你以前不是说她是在酒店做的么?"

东屏大笑了起来,声音中充满了凄惨和无奈,"什么酒店做的,她其实是在夜总会上班的。你明白么,简宁?我的女朋友其实是个小姐!"

"不会吧!真的假的!"简宁双目圆睁,似乎被吓到了。雨熙在夜总会上班的事情,简宁并不惊讶。但东屏居然知道这件事,出乎了简宁的意料。"你怎么知道的?"

"呵呵,我怎么知道的?"东屏冷笑了几声,简宁感到毛骨悚然。"我也不想知道啊!天意弄人!"

"会不会搞错了?"简宁继续装傻。但是东屏不以为然,"我也希望是搞错了!但是这不重要,现在雨熙已经不见了!"

原来,雨熙把 668 股票抛售完并划账给东屏以后,东屏便约老胡见面还款。老胡收到了本金利息,又从668股票上大赚一把,自然高兴,于是主动提出请东屏吃饭。几杯白酒下肚,老胡飘飘然起来,开始劝东屏换一个女朋友,但不肯说明原因。东屏觉得奇怪,便刻意地把老胡灌醉了。老胡一时嘴快,便把自己调查雨熙的事情说了出来。

那日在安福路的咖啡馆核对雨熙的身份证以后,老胡就安排人手对雨熙的情况进行了摸底。当然这也是放高利贷的习惯,毕竟东屏借的是无抵押贷款,万一东屏不能偿还,老胡是要找雨熙还钱的。雨熙是上海人,老胡的手下通过身份证很快就找到了雨熙的居住地。而后老胡的手下对雨熙进行了跟踪,发现雨熙是在君丽夜总会上班。

"老实说,发现你姘头是在夜总会上班,我还放心了不少。她住的地方是个旧棚户区,不动迁根本就不值什么钱。但是她做小姐一定有钱的,肯定有办法还债。小许啊,我虚长你不少岁,吃过的盐比你吃过的饭还多,你听我一句,这样的女人要不得啊!夜总会上班的,都只认钱不认人的!"当时老胡满嘴酒气地劝说着东屏,"像你这样年轻有为的,将来前途不可限量,何必在这样的女人身上花时间花力气!"

当然,这件事情东屏不会告诉简宁。一阵低沉而又忧伤的歌声飘扬在简宁的耳边,和雨熙第一次见面时的情景在他脑海里浮现出来,恍若隔世:

"总有一些话,来不及说了。

总有一个人,是心口的朱砂。

想起那些话,那些傻,眼泪落下。

只留一句,你现在好么?"

"那你可以去她上班的地方找她啊。"简宁说道。

东屏摇了摇头,"我昨晚去了。夜总会的人告诉我,雨熙已经离职了。"

"那她家里呢?"

东屏叹了口气,"她如果铁定心不想见我,去了也没用。"

简宁心中思绪万千,不知道是该劝东屏去找雨熙还是不该劝。他想了许久,幽幽地问道:"如果雨熙愿意见你,你还愿意和她在一起么?"

东屏闭上眼睛,低下头,竟然抽泣起来。简宁想不到,平日里看上去天不怕地不怕的东屏,也有如此脆弱的时候。只听到东屏断断续续地说道:"简宁,其实我不介意的。只要她愿意回来,我可以当作什么都不知道。

我从没如此深爱一个女人。我一个人来上海闯荡,可以说什么都没有,一切靠自己。可是,在上海出人头地太难了,有那么多优秀的人,有那么多勤奋的人,呵呵,当然还有那么多天生富贵的人。有很多次我都想打退堂鼓回老家了。在我最彷徨的时候,雨熙就像我生命中唯一的一道阳光,照射进我的胸膛。

她的眼神是那么的清澈,她的笑容是那么的纯真,我第一次看到她的时候,就觉得她是我可以用生命守护的女人。为了她,无论多么艰苦、无论多么漫长,我都会在上海继续努力、继续前进,给我们俩一个美好的未来。

你知道么,当我知道她的真实工作的时候,我并没有特别愤怒。简宁,你也许会笑话我,但是如果设身处地想一想,这不也是没有办法的事情么?如果我有钱,有很多很多的钱,她还需要在那种地方工作么?她没有错,我也没有错,错的是命运的不公。"

说着说着,东屏抬起头,简宁感到他双眼中映射出耀眼的光芒,让简宁无法直视:"如果她愿意回来,我可以当作什么都不知道,但是简宁你一定要帮我,帮她另外再找一份工作。我会向她求婚,只要她不嫌弃我,别人能给她的,我也一定都会给她。"

简宁点了点头,面色严峻。歌声穿过简宁的耳膜,直刺进简宁的脑海:

"总有些牵挂,旧得像伤疤。

越是不碰它,越隐隐的痛在那。

想你的脸颊,你的发,我不害怕。

就让时间,给我们回答。"

"命运的转盘再次开启,所有的人物又一次就位。封尘多年的秘密终究会被揭开,没有人可以逃脱因果循环的报应。"

时间如木马般旋转,回到了几年后的那个雨夜。简宁站在落地窗前,前尘往事如电影般地在脑海里一幕幕地呈现出来。之后668的股票一路上涨到复权价每股80元,创先集团的资产规模也随之翻了几倍。雨熙终究没有再出现,两年后东屏又开始谈恋爱,但一直没有固定女友。老刘离开创先集团后，就像人间蒸发一样，再也没有过他的消息。让简宁意外的是，莫东岩后来离开了银通集团，到一家私募基金工作了几个月，突然跳槽到了创先集团，变成了简宁的同事。而老胡和东屏渐渐熟悉起来，等到东屏开始负责创先集团的小额贷款公司，便经常和老胡合作。老胡为此还专门成立了一家讨债公司，为创先集团和其他公司追讨欠款。

　　简宁轻轻地摸着欣鱼送的那条围巾，心里默默念着欣鱼的名字：黄欣鱼、黄欣鱼……不知为何，欣鱼的音容笑貌，竟然渐渐地和另外一个女人重合起来。而这个女人，却是多年前已经离开人世的黄若琳。欣鱼走了，会不会也从此不在自己的生活中出现？简宁叹了一口气，听到手机铃声突然响了起来。简宁看了下来电显示的姓名，有些诧异地举起手机："父亲？"

　　电话里传来一个浑厚的声音："简宁，是我，现在能说话么？爸爸有件重要的事情和你说。"

　　"嗯，我一个人在家。"

　　"你要尽快从创先集团离职。离职以后的工作，我会替你安排的。"

　　简宁有些意外，"赵先给你打过电话了？"

　　"没有啊，怎么了？"简宁的父亲问道。

　　于是简宁便将创先集团准备入股 PM 公司，自己和东屏计划撇开创先集团另行投资 PM 公司，最终被集团发现，以及随后赵先和王风找自己谈话的整件事情的来龙去脉告诉了父亲。听语气，简宁发现自己的父亲完全不知情。

"原来我不在上海的时候,发生了那么多事情!"简宁的父亲说道,"不过没关系,你也不用太纠结了。PM公司入不入股的事情放到以后再说,当务之急是要尽快离开创先集团。"

"为什么?赵先还没有给我答复。"

"不要管什么答复了,"简宁的父亲有些不耐烦,"你这几天,把你以前参与过的创先集团的项目资料全部复印一套,打个包快递给我。记住,电脑资料储存到U盘内一起快递给我,绝对不可以发邮件。我会安排人看下有没有问题。如果没有问题,你就立刻离职。"

"太突然了,能够告诉我原因么?"

"别问那么多,知道越少越好!"简宁的父亲斩钉截铁地说道,"对了,你在创先集团工作这些年,有没有忘了爸爸最早告诉你的话?"

"当然没有。堂堂正正地做人,认认真真地做事,我一直没忘。"简宁面无表情地回答道。

"嗯,那就好!那就按照我说的办吧!"

命运就是如此多变。就在一个小时之前,简宁还在为不可预测的未来心烦意乱,转眼间就有人替他做了决定,简宁不知是应该感恩还是无奈:"我明白了。"

挂断电话,简宁预感到,与创先集团之间纠缠的命运锁链并不会就此而斩断,反而可能会因此变得更加错综复杂。

无论将来会发生什么事情,都只能勇敢面对了。

（二十）
开　始

　　一个身着咖啡色与深褐色搭配成格子西装的男人，正坐在办公桌后看着手上的文件。看到欣鱼缓缓地走了进来，他放下手中的资料，推了推鼻梁上的黑色镜框，微笑了起来，眼角处略微可见一些鱼尾纹。"黄小姐，你终于来了。"

　　欣鱼简单地笑了笑，"您就是周律师吧。赵总让我来找您。"欣鱼注意到，她说话的时候，周律师一直盯着自己，就像是在观察一件艺术品的真伪，让她有些不舒服。

　　"嗯，赵总和我也说了。"周律师从桌上拿起一张名片，递给了欣鱼。欣鱼接过来一看，"义石律师事务所 周子钧 律师"。周律师继续说道，"实在不好意思，不过黄小姐你本人确实更像。"

　　"是说我和我姐吧？"

　　周律师点点头。"那您也认识我姐姐么？"欣鱼问道。

　　"黄小姐您坐下说话吧，"周律师指了一下办公桌前的皮质沙发，然后拿起桌前的电话播了几下："雪莉，给黄小姐倒杯茶进来。"

欣鱼坐到沙发上,脱下外衣,盖在自己的包上。周律师叹了口气,"黄小姐,我和你姐姐也见过几面,次数不多。"周律师沉默了一会儿,又看了一眼欣鱼,"虽然次数很少,但你姐姐的样子我记得很牢,你们是很像。"

欣鱼有些好奇,"周律师,您刚才说是'更像'?"

"我是说视频里面。我也上过PM平台去看过你。你本人要比视频里更像你姐姐。"周律师淡淡地说道。

欣鱼露出惊讶的神色,"是么?什么时候?您在PM平台的ID叫什么名字?"

周律师露出一丝尴尬的表情,似乎有些不好意思,"黄小姐,这个一会儿细说吧。不过能够遇到你,真是让我们大家没有想到的事情。"

"是啊,赵先和我说那件事情的时候,我也非常惊讶。你知道吗?我一直以为我姐姐是失踪了。"

周律师也愣了一下,"你父母没告诉你吗?"

欣鱼摇了摇头,"没有。他们一直告诉我,姐姐是失踪了。"

"哦,"周律师低头沉思了一会儿,"也许你爸爸妈妈是不想让你们从小有心理阴影吧。我记得当时上海警方的人是通知过安徽当地警方的,刑侦大队的人还去过你老家见过你父母,了解过一些情况。"

欣鱼也努力回想了一下,"那件事情发生在几年前,我对很多情节已经印象不深了。不过,听说我姐姐失去联系的那段时候,我父母是情绪不太好,经常吵架,我妈妈还偷偷地哭。我当时怎么就缺根神经呢！"

"你那时候还小，就算知道了也帮不上什么忙。而且这种事情，如果传开的话，估计别人会在背后指指点点，谣言也会漫天飞，对你和你弟弟在学校念书肯定不利的。"周律师安慰道，"所以你父母才骗你们。我可以理解。"

欣鱼点点头。这时候，一个穿着白色衬衫、黑色女式西服套裙的女孩子，端着一个陶瓷茶杯走了进来。那女孩梳了个马尾辫、戴着一副厚厚的眼镜，看上去像个刚毕业不久的学生妹，感觉比欣鱼大不了多少岁。

雪莉一直低着头，不看周律师和欣鱼，放下茶杯后又低着头走了出去。欣鱼禁不住对她多看了两眼。周律师在一旁打量着欣鱼的一举一动，继续说，"不过，感觉你姐姐好像更高一些。"

"是吗？"欣鱼想了想，"我姐姐刚来上海的时候，我还很小。最早姐姐每年春节的时候还回一次家，但是后来春节也都不回来了。"

"嗯，我知道。"

"您连这种事情也知道？"欣鱼又一次很惊讶，"怪不得赵总和我说，关于这件事情的情况，来找您了解最合适了。"

"嗯，我通过朋友看过刑侦大队调查的案卷。你父母在接受调查的时候，和刑警说过此事。而且我还听说，她和你爸爸关系一般，和你妈妈关系比较好，是这样吗？"

欣鱼努力地回忆了下，"好像确实是这样。我记得小时候，因为她老不着家，爸爸一直说就当没生过这个女儿。"说着,欣鱼停顿了下,然后抬起头,盯着周律师的脸,"周律师,我姐姐真的是被谋杀的么?"

周律师闭上眼睛,低下了头,用神情回答了欣鱼。欣鱼感到鼻头一阵酸楚,眼泪不自觉地流了下来。周律师从办公桌上的一个纸巾盒中抽出几张餐巾纸,递了过去。

欣鱼抽泣了一会儿,用餐巾纸醒了醒鼻子,说道:"凶手真的到现在没有被抓到么?"

周律师一脸无奈地点点头。"那是什么原因呢?"欣鱼继续问道。

"说来很复杂。其实公安机关已经锁定了当时犯案的凶手,是一个穿着深绿色滑雪衫,戴着白色口罩、黑色帽子,背着一个运动包的人。根据当时电梯里和12楼电梯外走廊里的监控录像,这个人在那天下午的6点左右去了你姐姐家,15分钟后离开,估计就是在这段时间内他谋杀了你姐姐。而且,从监控中可以看到,这个人还带了白色的手套。"

"那为什么没有找到这个人?上海的监控摄像头不是很多吗?至少可以通过监控一路追查下去吧。"

"这个人离开的时候,并没有坐电梯,而是走了消防通道。新华家园的消防通道里,是没有安装摄像头的。"

欣鱼觉得有些不可思议,"但是小区里总有摄像头吧?小区大门总有摄像头吧?难道他是翻墙逃走的?"

周律师摇了摇头,"不会。那个小区的外墙上都安装了防盗电网,而且刑警们也核对防盗电网,并没有被剪断过,也没有任何攀越的痕迹。"

"那他也许是换了身衣服呢？你不是说他背着一个运动包么？也许运动包里放了一身衣服，他在消防通道里换了衣服。但是不对啊，如果他换了衣服，那个包还是要带走的啊。公安有没有查过监控里有背着包的人，离开过那个小区啊？"

周律师流露出赞许的神色，心里暗自觉得欣鱼很聪明，"有，不过是在第二天早上。"

"第二天早上？"

"对，刑侦人员反复检查了那几天的视频，发现凶杀案第二天早上，有个带着黑色口罩、咖啡色墨镜，穿着深褐色滑雪衫的男子，背着一个运动包走出新华家园。刑警们挨家挨户地调查了所有的住户，都没有发现这个男子，也没有人认识他。"

欣鱼一脸疑惑。周律师继续说道，"凶手很狡猾，他穿了一件正反都可以穿的滑雪衫。正面是绿色的，反面是深褐色的。"

"您的意思是说他在消防通道里把所有的装扮都换了？把滑雪衫反过来穿了？"

"是的。他进小区的时候用帽子和白口罩遮住脸，出小区的时候用墨镜和黑口罩遮住脸，我怀疑他也戴了假发。因为从视频上看，凶手出小区的时候，头发明显偏高偏蓬松。不过，凶手百密一疏，虽然换了装扮，但是那个运动包还是暴露了他。"

欣鱼吐了一口气，"那我不懂，既然这样，为啥他还要躲在消防通道里过夜呢？不怕被别人碰到么？"

"新华家园就是这个问题,消防通道里没有安装监控摄像,要是当时安装了,调查进展就会快许多。你姐姐的那幢楼,总共18楼。警方怀疑,凶手可能从12楼的消防通道,走到了18楼的消防通道,并在那里过了夜。因为在最高那一层的消防通道里,是最不可能被别人遇到的。而且新华家园物业聘请的保洁公司,是每天下午6点钟下班,第二天早上9点再上班。因此凶手在消防通道里的这段时间,正好是他们的下班时间,不会遇到楼道的保洁阿姨。

黄小姐,你要知道,审查监控录像是很花费时间的。我们普通人盯着枯燥的屏幕连续看上一个小时估计就撑不住了,更何况要看小区那么多位置的监控录像。而且,那个小区的消防通道是连通地下停车库的。虽然从监控录像看,凶手是步行走进的小区,但也不能排除凶手是小区的住户,在地下车库中有车,开车离开小区的可能性。当然,后来经过对于那几天离开小区的车辆进行了排查,排除了这种可能性。

所以我觉得,凶手不但换了所有装扮,还在消防通道里过了一晚后再离开,他的目的可能就是为了拖延通过视频监控录像发现线索的时间。但这么做是为了有时间逃跑还是有时间销毁罪证,就不得而知了。"

"天哪!好可怕!"欣鱼捂住了自己的嘴,"那这个人还逍遥法外岂不是很危险!"

"是啊!后来,刑侦部门又调取了第二天早上新华家园小区以外马路上的监控,发现凶手事先准备了自行车,往西骑车离开的。最后的交通监控显示，此人一路骑车到了现在的大虹桥地区。由于当时该地区正在做大量的动迁工作，很多路段以前安装的监控设备被拆除或者被盗了，所以就断了监控线索。"

"难以想象！太可怕了！实在太可怕了！"欣鱼的身体不住地颤抖，颤颤微微地伸出手去握住那个陶瓷茶杯，希望用茶杯的温度平复一下心情。

周律师走过来，坐在欣鱼的身边，轻轻握住她的手拍了拍。"虽然从监控录像中没能发现凶手，但当时的情况还是比较乐观。因为当时刑警们认为，从这些线索中可以确定，凶手应该是你姐姐熟识的人，而且也应该是去过新华家园，并且了解新华家园格局的。所以就开始从你姐姐认识的人开始调查。当时我记得，你知道的赵总也配合调查了。但是随着调查的深入，发现你姐姐认识的人实在是太多了……"

"我姐姐是做什么的？"欣鱼突然问道。

"赵总没和你说过么？"

欣鱼摇了摇头。"哦，这个怎么说呢……"周律师迟疑了一下，"类似于交际花的角色吧。不过后来根据警方调查，其实你姐姐做了很多掮客做的事情。"

"掮客？"

"对。你姐姐认识的人多，交际面广，三教九流都有来往，很多人找她帮忙办事。比如帮别人承接工程啊、获取订单啊、拿到批文啊、免予处罚啊什么的。你姐姐胆子也大，什么都敢拍胸脯，只要有钱赚都敢接。所以，可能会引发矛盾的因素会有许多。

另外,你姐姐也经常约别人到家里谈事情。警方掌握的曾经去过她家的人就很多了,还不包括不知道的。我听办案同志说,虽然监控视频里凶手是戴着手套的,但警方还是对房间里所有的指纹进行了鉴定和比对。据说涉及比对的人数很多,但还是没有找到凶手。"

"那DNA呢?"

"留有DNA痕迹的线索也都做了鉴定和比对,比如毛发什么的。但是去过你姐姐家的人实在很多,而且我一直认为,凶手是精心策划过的,因此能留下罪证的可能性很小。"

"所以……"

周律师两手一摊,"所以这个案子查到后来查不下去了。在公安机关调查期间,赵总一直委托我跟进了解案情,所以我对整个案件是比较清楚。当这个案件成为悬案以后,我们还想办法取得了部分调查资料的复印件。一会儿我可以给你看看。

我自己也找了几家私家侦探,和他们说了下案情,也给他们看了资料。不过可惜的是,他们也没能给我更好的建议。之后的几年,赵总虽然没有提过什么要求,但我自己一直在收集和这个案子有关的信息。"

"谢谢您!"欣鱼望着周律师,眼睛里充满了感激。

周律师摆了摆手,"没什么,我自己对这个案子也比较感兴趣,希望最终能够有一天可以抓到凶手。不过能够遇到黄小姐你真的让我们很意外,冥冥之中命运的安排吧。或许老天真的在暗示我们什么,可以通过你发现当时隐藏在重重迷雾中的线索。"

"嗯,我也没想到。对了,刚才您说您也到PM平台我的房间去看过,您叫什么名字啊?"

周律师笑了笑,没有直接回答。"黄小姐,你也知道,当时陆简宁向创先集团推荐PM平台的时候,赵总他自己也注册了一个号,就是'开路先锋'。他第一次看到你的时候,就觉得你和你姐姐长得比较像。第二天赵总就和我说了这件事情。我用赵总的账号也上去看了,确实长得很像。因为跟进你姐姐的案子,我对你家的家庭情况也比较清楚,知道她有一个弟弟、有一个妹妹。算算年纪,她妹妹的年龄和你也应该差不多,所以我们决定做进一步调查。"

"您用赵总的账号?'开路先锋'?"欣鱼有些尴尬。

周律师笑了,"是的,赵总很忙,很少有时间上的。他把账号和密码给了我,让我也经常上去看看你,不要让你被欺负了。不过,我不怎么说话,和你聊天的基本都是赵总自己上的时候。"

"怪不得,我一直觉得'开路先锋'很奇怪,有时候会和我说说话,有时候完全不理人,原来是两个人。那万物生大赛那次刷礼物的是您还是赵总?"

"那是赵总。一开始是我在看,后来PM平台把你们强制拖进万物生大赛后,我给赵总打了电话,让他自己上的。之前疯人游戏的时候,刷两个万物生给你的也是赵总。

对了,前面还没说完。在对PM公司做律师尽职调查的当天,我就拿到了 PM 公司所有签约主播的登记资料,确定了你就是她的亲妹妹。"

"哦……"欣鱼低下头沉思了一会儿,然后抬起头像是鼓足勇气地问道,"周律师,能问您个问题么?"

"黄小姐,你问吧。"

"我姐姐和赵总之间到底是什么关系?他和我说是以前比较熟悉的朋友,但我觉得赵总对也我太好了一些。万物生抢星大赛的时候,他给我刷了 70 万,轰动了全 PM 平台。而且其他在线视频平台也都知道了。"

"是 73 万。那晚抢星大赛之前,之前我们还刷了 3 个万物生给你。"

说着,周律师站起身,走向办公桌。欣鱼只能看到他的背影,但看不到他的表情。"赵总和你姐姐应该是好朋友吧,具体我也不是很清楚。不过有点可以告诉你,你姐姐在生意上帮过赵总很多忙。所以赵总刷礼物给你也相当于回报你姐姐,你不用有心理负担。你要知道,一开始赵总还不知道你是她亲妹妹,只是觉得长得像,所以在疯人游戏的时候刷了两个万物生给你,算是带有些对故人的怀念。但后来确认了你的身份,赵总他就有钱任性了一把。"周律师一边说着,一边转过身,自己也笑了起来。"赵总这个人,很讲江湖义气的,而且也很照顾朋友。赵总和我说,他这里还有你姐姐的一些其他东西,也准备一起交给你。到时候我会帮你们办手续。"

"是什么东西?"

周律师没有回头,"以后你就知道了。"

"嗯,"欣鱼点了点头,"他让我不要播了,先去创先集团工作。如果创先集团参股了 PM 公司,他就会去找贺总商量让我去 PM 公司做运营。其实我也知道在线视频主播这个工作做不了很久,也是吃青春饭的,所以很想慢慢转型。如果做运营,虽然收入会少许多,但是晚上就有时间去学点东西了。"

"这是好事情。"说着,周律师蹲下身来,从办公桌旁边壁柜最底层的抽屉中,搬出了三个黑色的文件夹,放到了欣鱼的面前。欣鱼看到周律师的眼神深邃而又坚定,"黄小姐,这些资料你回去先看一下,然后我们再找个时间沟通。你姐姐的案子,我还是希望能够查清楚,也算是完成我的一个心愿。你愿意帮我么?"

欣鱼"嗯"了一声,低头看了那三个叠在一起的文件夹。最上面的文件夹中间贴着一张白色的标签纸,上面写着:

黄若琳(陈美丽)

死亡案件档案

图书在版编目（CIP）数据

上海不相信爱情.第2部/周蔚著.—上海：文汇出版社，2015.8

ISBN 978-7-5496-1483-7

Ⅰ.①上… Ⅱ.①周… Ⅲ.①长篇小说–中国–当代 Ⅳ.①I247.5

中国版本图书馆 CIP 数据核字（2015）第 115056 号

上海不相信爱情（第二部）

作　　者 / 周　蔚
责任编辑 / 戴　铮
封面装帧 / 李　廉

出 版 人 / 桂国强

出版发行 / 文匯出版社
　　　　　　上海市威海路755号
　　　　　　（邮政编码200041）

经　　销 / 全国新华书店
照　　排 / 上海歆乐文化传播有限公司
印刷装订 / 上海宝山译文印刷厂
版　　次 / 2015年8月第1版
印　　次 / 2015年8月第1次印刷
开　　本 / 890×1240　1/32
字　　数 / 130千字
印　　张 / 6.75

书　　号 / ISBN 978-7-5496-1483-7
定　　价 / 25.00元